養鶴問題

陳先發詩選

陳先發 著

朝向漢語的邊陲

楊小濱

　　中國當代詩的發展可以看作是朝向漢語每一處邊界的勇猛推進，而它的起源也可以追溯出頗為複雜的線索。1960年代中後期張鶴慈（北京，1943-）和陳建華（上海，1948-）等人的詩作已經在相當程度上改變了主流詩歌的修辭樣式。如果說張鶴慈還帶有浪漫主義的餘韻，陳建華的詩受到波德萊爾的啟發，可以說是當代詩中最早出現的現代主義作品，但這些作品的閱讀範圍當時只在極小的朋友圈子內，直到1990年代才廣為流傳。1970年代初的北京，出現了更具衝擊力的當代詩寫作：根子（1951-）以極端的現代主義姿態面對一個幻滅而絕望的世界，而多多（1951-）詩中對時代的觀察和體驗也遠遠超越了同時代詩人的視野，成為中國當代詩史上的靈魂人物。

　　對我來說，當代詩的概念，大致可以理解為對以北島（1949-）和舒婷（1952-）等人為代表的朦朧詩的銜接，其轉化與蛻變的意味值得關注。朦朧詩的出現，從某種意義上可以看作官方以招安的形式收編民間詩人的一次努力。根子、多多和芒克（1951-）的寫作自始未被認可為朦朧詩的經典，既然連出現在《詩刊》的可能都沒有，也就甚至未曾享受遭到批判的待遇，直到1980年代中後期才漸漸浮出地表。我們應該可以說，多多等人的文化詩學意義，是屬於後朦朧時代的。才華出

眾的朦朧詩人顧城在1989年六四事件後寫出了偏離朦朧詩美學的《鬼進城》等傑作，不久卻以殺妻自盡的方式寫下了慘痛的人生詩篇。除了揮霍詩才的芒克之外，嚴力（1954-）自始至終就顯示出與朦朧詩主潮相異的機智旨趣和宇宙視野；而同為朦朧詩人的楊煉（1955-），在1980年代中期即創作了《諾日朗》這樣的經典作品，以各種組詩、長詩重新跨入傳統文化，由於從朦朧詩中率先奮勇突圍，日漸成為朦朧詩群體中成就最為卓著的詩人。同樣成功突圍的是游移在朦朧詩邊緣的王小妮（1955-），她從1980年代後期開始以尖銳直白的詩句來書寫個人對世界的奇妙感知，成為當代女性詩人中最突出的代表。如果說在1970年代末到1980年代初，朦朧詩仍然帶有強烈的烏托邦理念與相當程度的宏大抒情風格，從1980年代中後期開始，朦朧詩人們的寫作發生了巨大的轉化。

　　這個轉化當然也體現在後朦朧詩人身上。翟永明（1955-）被公認為後朦朧時代湧現的最優秀的女詩人，早期作品受到自白派影響，挖掘女性意識中的黑暗真實，爾後也融入了古典傳統等多方面的因素，形成了開闊、成熟的寫作風格。在1980年代中，翟永明與鐘鳴（1953-）、柏樺（1956-）、歐陽江河（1956-）、張棗（1962-2010）被稱為「四川五君」，個個都是後朦朧時代的寫作高手。柏樺早期的詩既帶有近乎神經質的青春敏感，又不乏古典的鮮明意象，極大地開闊了漢語詩的表現力。在拓展古典詩學趣味上，張棗最初是柏樺的同行者，爾後日漸走向更極端的探索，為漢語實踐了非凡的可能性。在「四川五君」中，鐘鳴深具哲人的氣度，用史詩和寓言有力地

書寫了當代歷史與現實。歐陽江河的寫作從一開始就將感性與理性出色地結合在一起,將現實歷史的關懷與悖論式的超驗視野結合在一起,抵達了恢宏與思辨的驚險高度。

後朦朧詩時代起源於1980年代中期,一群自我命名為「第三代」的詩人在四川崛起,標誌著中國當代詩進入了一個新階段,1980年代最有影響的詩歌流派,產自四川的佔了絕大多數。除了「四川五君」以外,四川還為1980年代中國詩壇貢獻了「非非」、「莽漢」、「整體主義」等詩歌群體(流派和詩刊)。如周倫佑(1952-)、楊黎(1962-)、何小竹(1963-)、吉木狼格(1963-)等在非非主義的「反文化」旗幟下各自發展了極具個性的詩風,將詩歌寫作推向更為廣闊的文化批判領域。其中楊黎日後又倡導觀念大於文字的「廢話詩」,成為當代中國先鋒詩壇的異數。而周倫佑從1980年代的解構式寫作到1990年代後的批判性紅色寫作,始終是先鋒詩歌的領頭羊,也幾乎是中國詩壇裡後現代主義的唯一倡導者。莽漢的萬夏(1962-)、胡冬(1962-)、李亞偉(1963-)、馬松(1963-)等無一不是天賦卓絕的詩歌天才,從寫作語言的意義上給當代中國詩壇提供了至為燦爛的景觀。其中萬夏與馬松醉心於詩意的生活,作品惜墨如金但以一當百;李亞偉則曾被譽為當代李白,文字瀟灑如行雲流水,在古往今來的遐想中妙筆生花,充滿了後現代的喜劇精神;胡冬1980年代末旅居國外後詩風更為逼仄險峻,為漢語詩的表達開拓出難以企及的遙遠疆域。以石光華(1958-)為首的整體主義還貢獻了才華橫溢的宋煒(1964-)及其胞兄宋渠(1963-),將古風與現代主義風尚

奇妙地糅合在一起。

　　毫不誇張地說，川籍（包括重慶）詩人在1980年代以來的中國詩壇佔據了半壁江山。在流派之外，優秀而獨立的詩人也從來沒有停止過開拓性的寫作。1980年代中後期，廖亦武（1958-）那些囈語加咆哮的長詩是美國垮掉派在中國的政治化變種，意在書寫國族歷史的寓言。蕭開愚（1960-）從1980年代中期起就開始創立自己沉鬱而又突兀的特異風格，以罕見的奇詭與艱澀來切入社會現實，始終走在中國當代詩的最前列。顯然，蕭開愚入選為2007年《南都週刊》評選的「新詩90年十大詩人」中唯一健在的後朦朧詩人，並不是偶然的。孫文波（1956-）則是1980年代開始寫作而在1990年代成果斐然的詩人，也是1990年代中期開始普遍的敘事化潮流中最為突出的詩人之一，將社會關懷融入到一種高度個人化的觀察與書寫中。還有1990年代的唐丹鴻（1965-），代表了女性詩人內心奇異的機器、武器及疼痛的肉體；而啞石（1966-）是1990年代末以來崛起的四川詩人，以重新組合的傳統修辭給當代漢語詩帶來了跌宕起伏的特有聲音。

　　1980年代的上海，出現了集結在詩刊《海上》、《大陸》下發表作品的「海上詩群」，包括以孟浪（1961-）、郁郁（1961-）、劉漫流（1962-）、默默（1964-）、京不特（1965-）等為主要骨幹的以倡導美學顛覆性及介入性寫作風格的群體，和以陳東東（1961-）、王寅（1962-）、陸憶敏（1962-）等為代表的較具學院派知性及純詩風格的群體，從不同的方向為當代漢語詩提供了精萃的文本。幾乎同時創立的

「撒嬌派」，主要成員有京不特、默默、孟浪等，致力於透過反諷和遊戲來消解主流話語的語言實驗，也頗具影響。無論從政治還是美學的意義上來看，孟浪的詩始終衝鋒在詩歌先鋒的最前沿，他發明了一種荒誕主義的戰鬥語調，有力地揭示了歷史喜劇的激情與狂想，在政治美學的方向上具有典範性意義。而陳東東的詩在1980年代深受超現實主義影響，到了1990年代之後則更開闊地納入了對歷史與社會的寓言式觀察，將耽美的幻想與險峻的現實嵌合在一起，鋪陳出一種新的夢境詩學。1980年代的上海還貢獻了以宋琳（1959-）等人為代表的城市詩，而宋琳在1990年代出國後更深入了內心的奇妙圖景，也始終保持著超拔的精神向度。1990年代後上海崛起的詩人中最引人注目的是復旦大學畢業後定居上海的韓博（黑龍江，1971-），他近年來的詩歌寫作奇妙地嫁接了古漢語的突兀與（後）現代漢語的自由，對漢語的表現力作了令人震驚的開拓。還有行事低調但詩藝精到的女詩人丁麗英（1966-），在枯澀與奇崛之間書寫了幻覺般的日常生活。

與上海鄰近的江南（特別是蘇杭）地區也出產了諸多才子型的詩人，如1980年代就開始活躍的蘇州詩人車前子（1963-）和1990年代之後形成獨特聲音的杭州詩人潘維（1964-）。車前子從早期的清麗風格轉化為最無畏和超前的語言實驗，而潘維則以現代主義的語言方式奇妙地改換了江南式婉約，其獨特的風格在以豪放為主要特質的中國當代詩壇幾乎是獨放異彩。而以明朗清新見長的蔡天新（1963-）雖身居杭州但足跡遍布五洲四海，詩意也帶有明顯的地中海風格。影響甚廣的于堅

（1954-）、韓東（1961-）和呂德安（1960-）曾都屬於1980年
代以南京為中心的他們文學社，以各自的方式有力地推動了口
語化與（反）抒情性的發展。

朦朧詩的最初源頭，中國最早的文學民刊《今天》雜誌，
1970年代末在北京創刊，1980年代初被禁。「今天派」的主將
們，幾乎都是土生土長的北京詩人。而1980年代中期以降，出
自北京大學的詩人佔據了北京詩壇的主要地位。其中，1989
年臥軌自盡的海子（1964-1989）可能是最為人所知的，海子
的短詩尖銳、過敏，與其宏大抒情的長詩形成了鮮明對比。
海子的北大同學和密友西川（1963-）則在1990年後日漸擺脫
了早期的優美歌唱，躍入一種大規模反抒情的演說風格，帶
來了某種大氣象。臧棣（1964-）從1990年代開始一直到新世
紀不僅是北大詩歌的靈魂人物，也是中國當代詩極具創造力
的頂尖詩人，推動了中國當代詩在第三代詩之後產生質的飛
躍。臧棣的詩為漢語貢獻了至為精妙的陳述語式，以貌似知性
的聲音扎進了感性的肺腑。出自北大的重要詩人還包括清平
（1964-）、西渡（1967-）、周瓚（1968-）、姜濤（1970-）、
席亞兵（1971-）、冷霜（1973-）、胡續冬（1974-）、陳均
（1974-）、王敖（1976-）等。其中姜濤的詩示範了表面的
「學院派」風格能夠抵達的反諷的精微，而胡續冬的詩則富
於更顯見的誇張、調笑或情色意味，二人都將1990年代以來的
敘事因素推向了另一個高度。胡續冬來自重慶（自然染上了
川籍的特色），時有將喜劇化的方言土語（以及時興的網路
語言或亞文化語言）混入詩歌語彙。也是來自重慶的詩人蔣浩

（1971-）在詩中召喚出語言的化境，將現實經驗與超現實圖景溶於一爐，標誌著當代詩所攀援的新的巔峰。同樣現居北京，來自內蒙古的秦曉宇（1974-），也是本世紀以來湧現的優秀詩人，詩作具有一種鑽石般精妙與凝練的罕見品質。原籍天津的馬驊（1972-2004）和原籍四川的馬雁（1979-2010），兩位幾乎在同齡時英年早逝的天才，恰好曾是北大在線新青年論壇的同事和好友。馬驊的晚期詩作抵達了世俗生活的純淨悠遠，在可知與不可知之間獲得了逍遙；而馬雁始終捕捉著個體對於世界的敏銳感知，並把這種感知轉化為表面上疏淡的述說。

　　當今活躍的「60後」和「70後」詩人還包括現居北京的莫非（1960-）、殷龍龍（1962-）、樹才（1965-）、藍藍（1967-）、侯馬（1967-）、周瑟瑟（1968-）、朱朱（1969）、安琪（1969-）、王艾（1971-）、成嬰（1971-）、呂約（1972-）、朵漁（1973-），河南的森子（1962-）、魔頭貝貝（1973-），黑龍江的潘洗塵（1964-）、桑克（1967-），山東的宇向（1970-）孫磊（1971-）夫婦和軒轅軾軻（1971-），安徽的余怒（1966-）和陳先發（1967-），江蘇的黃梵（1963-）、楊鍵（1967），浙江的池凌雲（1966-）、泉子（1973-），廣東的黃禮孩（1971-），海南的李少君（1967-），現居美國的明迪（1963-）等。森子的詩以極為寬闊的想像跨度來觀察和創造與眾不同的現實圖景，而桑克則將世界的每一個瞬間化為自我的冷峻冥想。同為抒情詩人，女詩人藍藍通過愛與疼痛之間的撕扯來體驗精神超越，王艾則一次又一次排練了戲劇的幻景，並奔波於表演與旁觀之間，而樹才

的詩從法國詩歌傳統中找到一種抒情化的抽象意味。較為獨特的是軒轅軾軻，常常通過排比的氣勢與錯位的慣性展開一種喜劇化、狂歡化的解構式語言。而這個名單似乎還可以無限延長下去。

1989年的歷史事件曾給中國詩壇帶來相當程度的衝擊。在此後的一段時期內，一大批詩人（主要是四川詩人，也有上海等地的詩人）由於政治原因而入獄或遭到各種方式的囚禁，還有一大批詩人流亡或旅居國外。1990年代的詩歌不再以青春的反叛激情為表徵，抒情性中大量融入了敘述感，邁入了更加成熟的「中年寫作」。從1980年代湧現的蕭開愚、歐陽江河、陳東東、孫文波、西川等到1990年代崛起的臧棣、森子、桑克等可以視為這一時期的代表。1990年代以來，儘管也有某些「流派」問世，但「第三代詩」時期熱衷於拉幫結夥的激情已經消退。更多的詩人致力於個體的獨立寫作，儘管無法命名或標籤，卻成就斐然。1990年代末的「知識分子寫作」與「民間寫作」的論戰雖然聲勢浩大，卻因為糾纏於眾多虛假命題而未能激發出應有的文化衝擊力。2000年以來，儘管詩人們有不同的寫作趨向，但森嚴的陣營壁壘漸漸消失。即使是「知識分子寫作」的代表詩人，其實也在很大程度上以「民間寫作」所崇尚的日常口語作為詩意言說的起點。從今天來看，1960年代出生的「60後」詩人人數最為眾多，儼然佔據了當今中國詩壇的中堅地位，而1970年代出生的「70後」詩人，如上文提到的韓博、蔣浩等，在對於漢語可能性的拓展上，也為當代詩作出了不凡的探索和貢獻。近年來，越來越多的「80後詩人」在前人

開闢的道路盡頭或途徑之外另闢蹊徑，也日漸成長為當代詩壇的重要力量。

　　中國當代詩人的寫作將漢語不斷推向極端和極致，以各異的嗓音發出了有關現實世界與經驗主體的精彩言說，讓我們聽到了千姿萬態、錯落有致的精神獨唱。作為叢書，《中國當代詩典》力圖呈現最精萃的中國當代詩人及其作品。第二輯在第一輯的基礎上收入了15位當代具有相當影響及在詩藝上有所開拓的詩人。由於1960年代出生的詩人在中國當代詩壇佔據的絕對多數，第二輯把較多的篇幅留給了這個世代。在選擇標準上，有多方面的具體考慮：首先是盡量收入尚未在台灣出過詩集的詩人。當然，在這15位詩人中，也有少數出過詩集，但仍有令人興奮的新作可以期待產生相當影響的。即便如此，第二輯仍割捨了多位本來應當入選的傑出詩人，留待日後推出。願《中國當代詩典》中傳來的特異聲音為台灣當代詩壇帶來新的快感或痛感。

目次

大雁塔

木梯轉出嗜啖蛋黃的農民
他說：我跨過五個省來看你
一路上玩著、餓著指尖的大雁塔。
多年前
他是唐僧──
為塔迎來了垂直的那個人，那種悲憫

耳中炎熱的桑椹，
彷彿流出了傾聽的蜜汁。
我長久地沉默著，又像在奮力鋸開
內心糾纏的塔影。
再也回不去了
我們在同一輪明月下，剛剛出生時的皎潔，
我們在同一蓋松冠下，天狼星發涼的盔甲。

1997.1

白雲浮動

白雲浮動，有最深沉的技藝。
梅花億萬次來到人間

田野上，我曾見諸鳥遠去
卻從未見她們歸來
她們鵝黃、淡紫或蘸漆的羽毛
她們悲欣交集的眉尖

諸鳥中，有霸王
也有虞姬

白雲和諸鳥啊
我是你們的兒子和父親
我是你們拆不散的骨和肉
但你們再也認不得我了，再也記不起我了。

1998.3

街邊的訓誡

不可登高

一個人看得遠了，無非是自取其辱

不可踐踏寺院的門檻

看見滿街的人都

活著，而萬物依舊蔥蘢

不可驚訝

2001.9

前世

要逃，就乾脆逃到蝴蝶的體內去
不必再咬著牙，打翻父母的陰謀和藥汁
不必等到血都吐盡了。
要為敵，就乾脆與整個人類為敵。
他嘩地一下脫掉了蘸墨的青袍
脫掉了一層皮
脫掉了內心朝飛暮倦的長亭短亭。
脫掉了雲和水
這情節確實令人震悚：他如此輕易地
又脫掉了自己的骨頭！
我無限眷戀的最後一幕是：他們縱身一躍
在枝頭等了億年的蝴蝶渾身一顫
暗叫道：來了！
這一夜明月低於屋簷
碧溪潮生兩岸

只有一句尚未忘記
她忍住百感交集的淚水
把左翅朝下壓了壓，往前一伸

說：梁兄，請了

請了——

2004.6.2

丹青見

橙木，白松，榆樹和水杉，高於接骨木，紫荊
鐵皮桂和香樟。湖水被秋天挽著向上，針葉林高於
闊葉林，野杜仲高於亂蓬蓬的劍麻。如果
湖水暗漲，柞木將高於紫檀。鳥鳴，一聲接一聲地
溶化著。蛇的舌頭如受電擊，她從鎖眼中窺見的樺樹
高於從旋轉著的玻璃中，窺見的樺樹。
死人眼中的樺樹，高於生者眼中的樺樹。
被製成棺木的樺樹，高於被製成提琴的樺樹。

2004.10

從達摩到慧能的邏輯學研究

面壁者坐在一把尺子

和一堵牆

之間

他向哪邊移動一點，哪邊的木頭

就會裂開

（假設這尺子是相對的

又掉下來，很難開口）

為了破壁他生得醜

為了破壁他種下了

兩畦青菜

2005.1

隱身術之歌

窗外，三三兩兩的鳥鳴

找不到源頭

一天的繁星找不到源頭。

街頭嘈雜，樟樹嗚嗚地哭著

拖拉機嗚嗚地哭著

妓女和醫生嗚嗚地哭著。

春水碧綠，備受折磨。

他茫然地站立

像從一場失敗的隱身術中醒來

2005.3.15

秩序的頂點

在獄中我愉快地練習倒立。

我倒立，群山隨之倒立

鐵柵間獄卒的臉晃動

遠處的猛虎

也不得不倒立。整整一個秋季

我看著它深深的喉嚨

2005.9

魚簍令

那幾隻小魚兒，死了麼？去年夏天在色曲
雪山融解的溪水中，紅色的身子一動不動。
我俯身向下，輕喚道：「小翠，悟空！」他們墨綠
　　的心臟
幾近透明地猛跳了兩下。哦，這宇宙核心的寂靜。
如果順流，經爐霍縣，道孚縣，在瓦多鄉境內
遇上雅礱江，再經德巫，木里，鹽源，拐個大彎
在攀枝花附近匯入長江。他們的紅色將消失。
如果逆流，經色達，泥朵，從達日縣直接躍進黃河
中間阻隔的巴顏喀拉群峰，需要飛越
夏日濃蔭將掩護這場祕密的飛行。如果向下
穿過淤泥中的清朝，明朝，抵達沙礫下的唐宋
再向下，只能舉著骨頭加速，過魏晉，漢和秦
回到赤裸裸哭泣著的半坡之頂。向下吧，魚兒
悲憫的方向總是垂直向下。我坐在十七樓的陽臺上
悶頭飲酒，不時起身，揪心著千里之處的
這場死活，對住在隔壁的劊子手卻渾然不知。

2004.11

青蝙蝠

那些年我們在胸口刺青龍，青蝙蝠，沒日沒夜地
喝酒。到屠宰廠後門的江堤，看醉醺醺的落日。
江水生了鏽地渾濁，浩大，震動心靈
夕光一抹，像上了《鎖麟囊》鏗鏘的油彩。
去死吧，流水；去死吧，世界整肅的秩序。
我們喝著，鬧著，等下一個落日平靜地降臨。它
平靜地降臨，在運礦石的鐵駁船的後面，年復一年
眼睜睜看著我們垮了。我們開始談到了結局：
誰？第一個隨它葬到江底；誰堅守到最後，孤零零地
一個，在江堤上。屠宰廠的後門改做了前門
而我們讚頌流逝的詞，再也不敢說出了。
只默默地斟飲，看薄暮的蝙蝠翻飛
等著它把我們徹底地抹去。一個也不剩

2004.10

偏頭疼

他們在我耳中裝置了一場謀殺

埋伏著間歇性抽搐，昏厥，偏頭疼。

他們在我耳中養了一群猛虎。

多少個夜裡，我劈開自已顱骨卻發現它總是空的

符號雜亂地堆砌，正是

一個漢人凋零之後的舊宅邸。

我不再是那個騎著牛

從周天子腳下，慢慢走向函谷關的人。

我不再是雪山本身。

我總是疼得穿牆而過，我朝他們吼著：

「你們是些什麼人，什麼事物

為何要來分享這具行將廢去的軀體？」

老虎們各幹各的，朝我的太陽穴砸著釘子

他們額頭光潔，像剛剛刨過

又假裝看不見我，彷彿有更深的使命在身

2005.9

我是六楞形的

我是六楞形的，每一面
生著不同的病
我的心臟長得像松、竹、梅。
對我這樣的人來說，遁世
是庸俗的
談興衰之道，也是庸俗的
我有時竟忘記了枯榮。
我在六楞形的耳中、鼻中、眼中
塞滿了鹽和黃土
坐在鏡子背後，你們再也看不到我了

2005.1

秋日會

她低挽髮髻，綠裙妖嬈，有時從湖水中
直接穿行而過，抵達對岸，榛樹叢裡的小石凳。
我造景的手段，取自魏晉：濃密要上升為疏朗
竹子取代黃楊，但相逢的場面必須是日常的
小石凳早就坐了兩人，一個是紅旗砂輪廠的退休職工
姓陶，左頰留著刀疤。另一個的臉看不清
垂著，一動不動，落葉踢著他的紅色塑膠鞋。
你就擠在他們中間吧。我必須走過漫長的湖畔小徑
才能到達。你先讀我刻在陰陽界上的留言吧：
你不叫虞姬，你是砂輪廠的多病女工。你真的不是
虞姬，寢前要牢記服藥，一次三粒。逛街時
畫淡妝。一切，要跟生前一模一樣

2004.11

揚之水

（一）

赤腳，穿過種滿松樹的

大陸

這麼多灘塗、山川、島嶼無人描繪

許多物種消失了

許多人已屍骨無存

我來得太遲了

（二）

石頭是黑色的

在河流中它一點點地融化著

我埋在心底的仇恨

最終也將化為積雪

跟我一起渡河的少女，對著

深深的河水發呆

有的在長羽毛，有的在長鱗片

（三）

路旁，頂著雪的座座農舍
都有過令人難忘的宴席

（四）

野蕨生在潮濕的洞穴旁
採摘它的人
空著手，剛剛離開

（五）

赤著腳，躲開暴雨、制度和
官吏

（六）

我歇在暮晚的坡上，頭頂的松冠
膝下的野薇

腳邊的蟾蜍，慢慢地

長出一模一樣的笑臉

（七）

像蜘蛛一樣，赤著腳

像蜘蛛一樣，一輩子

連一次顫慄都不曾有過

（八）

苦楝樹高高聳立

她因生在南岸

而顯得茂密

去年我折枝之處

今年，又有人折去一截

（九）

石粟，變葉木，蜂腰榕
石山巴豆，麒麟冠，貓眼草，澤漆
甘遂，續隨子，高山積雪、鐵海棠
千根草，紅背桂花，雞尾木，多裂麻瘋樹
紅雀珊瑚，烏桕，油桐，火殃勒
芫花，結香，狼毒，了哥王，土沈香
細軸芫，蘇木，紅芽大戟、豬殃殃
黃毛豆付柴，假連翹，射干，鳶尾
銀粉背蕨，黃花鐵線蓮，金果欖，曼陀羅
三梭，紅鳳仙花，剪刀股，堅莢樹
闊葉獼猴桃，海南蔞，苦杏仁，懷牛膝。
44種有毒植物
我一一愛過她們

（十）

採一把褐土
採一把黃土

如果我能像往昔一樣

嚥下它們，我的身子將作琉璃

（十一）

你死後

青蒿又長高了一點

（十二）

早晨，我的耳中流出

藍色的溪水

鳥的眼中流出藍色的溪水

直至日出，無人卷刃

（十三）

瘋人院中，總趴在窗口的一張臉

將化作白雲

映著亂石和
柴扉

（十四）

凡經死亡之物
終將青碧叢叢
就像這些柳樹

田埂上
蜜蜂成群

2001.7

樹下的野佛

我曾見邋遢的野佛，在嶽西縣

廟前鎮一帶的叢林裡

他剃光頭，收攏爪子

竄到樹上吃榧子，松脂，板栗

吃又乾又硬的鳥糞。

樹下，蟲豸奔突

他跟它們交談，噴唾沫

形骸之間的自在、喜悅，像

藍色的溪水在山谷捲曲。

一整天，我圍著他嗚嗚地跳著

直至冥色四合，孤月出來

蟲豸們一齊亮出

兇猛又荒涼的子宮——

我吹簫，他聽簫，抱成一團的

影子搖曳，抵住欲傾的懸崖

陳繪水滸之五

松林寡淡，大相國寺寡淡

路上走過帶枷的人，臉是赭紅的

日頭還是很毒

雲朵像吃了官司，孤單地飄著

誦經者被蟬聲吸引，早就站到了枝頭

替天行道的人也一樣內心空虛。

書上說，你突然地發了瘋

圓睜雙目，拔掉了寺內巨大的柳樹

鳥兒四散，非常驚訝

念經的神仙像松果滾了一地

病中吟

早晨，不得不諦聽鳥鳴。一聲聲
它脆而清越，又不明所以，像雨點的錐子
落下，垂直地落下，越垂直就越悲憫。
一年一度的大病，我換了幾張椅子
克制著自已，不為鳥鳴所惑而滑出肉體。
也不隨它遠去。它拽著焦黃的尾巴，在松冠消逝
有些起伏，有些黯然

2004.10

殘簡（組詩）選五

（3）

秋天的斬首行動開始了：

一群無頭的人提燈過江，穿過亂石堆砌的堤岸。

無頭的豈止農民？官吏也一樣

他們掀翻了案牘，乾血般的印璽滾出袖口。

工人在輸電鐵架上登高，越來越高，到雲中就不見了。

初冬時他們會回來，帶著新長出的頭顱，和

大把無法確認的碎骨頭。圍攏在嗞嗞蒸騰的鐵爐旁

搓著雙手，說的全是順從和屈服的話語

（17）

剛在小寺中燒過香的

男人，打開盒子

把帶血的繩子拽直了，又放進盒子裡。

摩托車遠在雲端，正突破絕望的音障。

是紫蓬山的秋末了

鳥鳴東一聲，西一聲

兩年後將吞金自殺的女店主

此刻蹲在寺外，正用肥皂洗臉

（18）

被切割成整整齊齊的
盒中，度劫的老虎和消防隊員
磕著瓜子，漫不經心
在他們看來，楊柳是庸俗的，也是憂患的
木刻的悲喜劇不舍晝夜————
倘若堤岸失火，盒子裡換成了虛無的
皇帝，芍藥花開，局面就大不相同

（23）

秋千掛進人間，濕漉漉的
她滿足於它的搖動。
晚風中，她有七歲，和一臉的雀斑
她有危險，和彼此歡呼的樹頂。
而我們這批，鐐銬中的父親，在落日樓頭酌酒
從欄杆上，
看七、八里外的紙上種著柳樹，
運煤的駁船，
插著紅旗和淚水。

是誰說過，這些景象全部得自遺傳

河山翠綠，像個廢品。

喝著，喝著，

就有人哭了，有人被砍了頭。

而她從高高的樹冠瀉下時，也已經很老了

（24）

大啖紅油和羊肝，牙齒

在假話中閃現微光

有點白，類似野狐禪

而剜去肝兒的羊，趴在山坡上

默默地飲冰雪

她剛哭過，於病榻上捉筆

想起牡丹又畫下牡丹

（27）

用瓜果作幌子

我去拆解她。先拆頭

後拆腳

不貞節的肢體塞滿了庭院。

她金燦燦的，張著小嘴，等我餵藥。

她是婚姻中的空瓶子，等著我注入

砒霜；她是遍體刺葵花的舊王妃

愛著駕崩的老皇帝。

是啊，我也愛她，

我愛她假惺惺的樣子，和嘴角淌出的蛋黃。

中秋，憶無常

黃昏，低垂的草木傳來咒語，相對於
殘存的廊柱，草木從不被人銘記。
這些年，我能聽懂的咒語越來越少
我把它歸結為回憶的衰竭。相對於
死掉的人，我更需要抬起頭來，看
殺無赦的月亮，照在高高的檳榔樹頂

2005.9

傷別賦

我多麼渴望不規則的輪迴

早點到來，我那些棲居在鸛鳥體內

蟾蜍體內、魚的體內、松柏體內的兄弟姐妹

重聚在一起

大家不言不語，都很疲倦

清瘦頰骨上，披掛著不息的雨水

2005.4

最後一課

那時的春天稠密，難以攪動，野油菜花

翻山越嶺。蜜蜂嗡嗡的甜，掛在明亮的視覺裡

一十三省孤獨的小水電站，都在發電。而她

依然沒來。你抱著村部黑色的搖把電話

嘴唇發紫，簌簌直抖。你現在的樣子

比五十年代要瘦削得多了。仍舊是藍卡基布中山裝

梳分頭，濃眉上落著粉筆灰

要在日落前為病中的女孩補上最後一課。

你夾著紙傘，穿過春末寂靜的田埂，作為

一個逝去多年的人，你身子很輕，泥濘不會濺上褲腳

2004.10

甲殼蟲

他們是褐色的甲蟲，在棘叢裡，有的手持松針
當作干戈，抬高了膝蓋，蹬蹬蹬地走來走去。
有的抱著淩晨的露珠發楞，儼然落泊的哲學家
是的，哲學家，在我枯榮易變的庭院中
他們通曉教條又低頭認命，是我最敵視的一種。
或許還缺些煉金術士，瓢蟲的一族，他們家境良好
在枝頭和乾糞上消磨終日，大張著嘴，彷彿在
清唱，而我們卻一無所聞，這已經形成定律了：
對於緩緩傾注的天籟，我們的心始終是關閉的
我們的耳朵始終是關閉的。這又能怪誰呢？
甲蟲們有用之不盡的海水，而我卻不能共用。
他們短促而冰涼，一生約等於我的一日，但這般的
厄運反可輕鬆跨越。在我抵達斷頭臺的這些年
他們說來就來了，揮舞著發光的身子，彷彿要
贈我一杯醇漿，彷彿要教會我死而復生的能力

2005.9

逍遙津公園紀事

下午三點，公園塞滿了想變成鳥的孩子
鐵籠子鏽住，滴滴答答，夾竹桃茂盛得像個
偏執狂。我能說出的鳥有黑鶇、斑鳩、烏鴉
白頭翁和黃衫兒。兒子說：「我要變成一隻
又聾又啞的鳥，誰都猜不出它住哪兒，
但我要吃完了香蕉、撒完了尿，再變。」
下午四點，湖水藍得像在說謊。一個吃冰淇淋的
小女孩告訴我：「鳥在夜裡能穿過鏡子
鏡子卻不會碎掉。如果臥室裡有剃鬚刀
這個咒就不靈了」。她命令我解開辮子上的紅頭繩兒，
但我發現她繫的是綠頭繩兒。
下午五點，全家登上鵝形船，兒子發癲
一會兒想變蜘蛛，一會兒想變蟾蜍。
成群紮綠頭繩兒的小女孩在空中
飛來飛去。一隻肥胖、禿頂的鳥打太極拳
我繞過報亭去買煙，看見它悄悄走進竹林死掉。
下午六點，邪惡的鈾礦石依然睡在湖底
桉葉上風聲沙沙，許多人從穹形後門出去
踏入輪迴。我依然渴望像松柏一樣常青。
鈴聲響了，我們在公共汽車上慢慢地變回自己

2005.4

新割草機

他動了殺身成仁的念頭
就站在那裡出汗，一連幾日。摺扇，鬧鐘，枝子亂
　　成一團

我告訴過你，爛在我嘴裡的
割草機是仁的，
爛在你嘴裡的不算。
樹是仁的，
沒有剝皮的樹是仁的。看軍艦發呆的少女，
賣過淫，但此刻她是仁的。
刮進我體內的，這些長的，短的，帶點血的
沒頭沒腦的，都是這麼濕淋淋和迫不及待
彷彿有所喪失，又總是不能確定。
「你為何攔不住他呢？」
側過臉來，笑笑，一起看著窗外

窗外是司空見慣的，但也有新的空間。
看看細雨中的柳樹
總是那樣，為了我們，它大於或小於她自己

2007.3

中年讀王維

「我扶牆而立，體虛得像一座花園」。
而花園，充斥著鳥籠子
塗抹他的不合時宜，
始於對王維的反動。
我特地剃了光頭並保持
貪睡的習慣，
以紀念變聲期所受的山水與教育——

街上人來人往像每隻鳥取悅自我的籠子。
反復地對抗，甚至不惜寄之色情，
獲得原本的那一、兩點。
仍在自己這張床上醒來。
我起誓像你們一樣在籠子裡，
篤信泛靈論，愛華爾街乃至成癖——
以一座花園的連續破產來加固另一座的圍牆。

2008.9

孤峰

孤峰獨自旋轉，在我們每日鞭打的
陀螺之上。
有一張桌子始終不動
鋪著它目睹又一直被拒之於外的一切

其歷練，平行於我們的膝蓋。
其顏色掩之於晚霞。
稱之曰孤峰
實則不能跨出這一步

向牆外喚來邋遢的早餐，
為了早已喪失的這一課。
呼之為孤峰
實則已無春色可看

大陸架在我的酒杯中退去。
蕩漾掩蔽著惶恐。
桌面說峰在其孤
其實是一個人，連轉身都不可能

像語言附著於一張白紙。

其實頭顯過大

又無法盡廢其白

只能說今夜我在京城。一個人。遠行無以表達隱身

之難。

2009.3

兩次短跑

幾年前，當我讀到喬治・巴塔耶，
我隨即坐立不安。
一下午我牢牢地抓著椅背。
「下肢的魚腥味」，「對立」：瞧瞧巴大爺愛用的
　　這些詞。
瞧瞧我這人間的多餘之物。

脫胎換骨是不必了。
也不必玩新的色情。
這些年我被不相干的事物養活著。
——我的偶然加上她的偶然，
這相見叫人痛苦。

就像15歲第一次讀到李商隱。在小噴水池邊，
我全身的器官微微發燙。
有人在喊我。我幾乎答不出聲來——
我一口氣跑到那堵
不可解釋的斷牆下。

2008.4

正月十五與朋友同遊合肥明教寺

散步。

看那人，抱著一口古井走來

吹去泡沫

獲得滿口袋閃爍的石英的剖面──

我們猜想這個時代，在它之下

井水是均衡的

阻止我們向內張望

也拒絕攝影師隨意放大其中的兩張臉

而頭腦立起四壁

在青苔呈現獨特的青色之前。

我們一無所思

只是散步。散步。散步，供每一日的井水形成。

有多年沒見了吧

嗯

春風在兩個拮据的耳朵間傳送當年的問候。

散步

繞著亭子

看寺院翻倒在我們的喉嚨裡

夜裡。

井底的稻田爬上我們的臉哭泣

成為又一年的開始

2009.2

膝蓋

整個七月，我從悶熱的河灘撿回遺骨。

滿坡青崗木之上，

落日薄如冰輪。

群鴉叼來的雨水，

顆顆擊碎我的頭頂。

我散步，直至餘光把我切割成

一座不可能的八面體。

我用一大堆塑膠管，把父親的頭固定在

一個能看到窗外的位置上。

整個七月，

他奄奄一息又像仍在生長。

鐵窗之外。窸窸索索的樹葉，

他知道，

是大片的，再也無法預知的河灘。

洪水蓋過了我的頭頂。

我在洪水之下，

繼續撿回遺骨。

漸漸地，我需要為輪迴作出新的注解。

我告訴父親，有些遺骨

是馬的。它們翻山越嶺又失掉這些。

有些是鵪鶉的。像鼻翼中夜色正濃。

有些是祖先的。在我的汗水中無端端發燙。

七月。沙子正無邊無際涼下來，

而我深知傳統不會襲擊個人，

——當父親已不足一個。

我再不能在他的病榻前把自己描述為異端。

他更微弱的訓誡，

如此可怕又持久。

像沙下的遺骨來到新一輪陰翳中。那涼下來的，

沙子中的沙子，塞滿了我的膝蓋。

2009.7.31

不

測

傍晚安謐如蛋黃立於蛋殼裡。

破殼之鐘，滑過不育的絲綢。

我盤膝坐在陽臺上，

像日漸寡歡的蜘蛛。

隔壁的百貨店。售貨員扛著斷腿走出，

塑膠模特兒完成了白日的歡愉，此刻被肢解。

我也有一劫。誤讀——分開了彼此，

副教授揪去我的腦垂體，隱身於小樹林

有人輕拍我的肩膀

喚我進屋去。

大家坐在那裡，舉著筷子：

決裂的晚餐已經做成

何處鐘聲能匹配我的，絲綢。

像此時，多需的手正攪動

多重的手。火苗

從她的指甲上竄起，閃爍著不測。

2008.9.29

此時此地

鋸木聲妨礙了我。柳樹立於眼前

我畫不出

柳樹應該置於一個人虛無的懷抱裡

我不是那人

我無法證明身在此時

也無法離開自己的身體到達某處。

我們的筆下曾是滿的

如今被洗劫一空

──等到除夕鞭炮響起

我將從頭到尾嚥下這棵樹

向垂死的一年致敬

此時，此地。柳色是荒謬的

卻自有其根部

我忍受那罕見的色彩與形狀

又從未滿足於其中任何一件

2009.1.25，桐城。

可以縮小的棍棒

傍晚的社區。孩子們舞著
金箍棒[1]。紅色的，五毛或六毛錢一根。
在這個年紀
他們自有降魔之趣

而老人們身心不定
需要紅燈籠引路
把拆掉的街道逡巡一遍，祝福更多孩子
來到這個世界上

他們仍在否定。告訴孩子
棍棒可以如此之小，藏進耳朵裡。
也可以很大，攪得偽天堂不安。
互稱父子又相互為敵

形而上的湖水圍著
幾株老柳樹。也映著幾處燈火。
有多少建立在玩具之上的知覺
需要在此時醒來？

---

[1] 語出《西遊記》。見第三回〈四海千山皆拱伏，九幽十類
盡除名〉。

傍晚的細雨覆蓋了兩代人。

遲鈍的步子成灰。

曾記起新枝輕拂，

那遙遠的歡呼聲仍在湖底。

2009.3

聽兒子在隔壁初彈蕭邦

他尚不懂聲音附於何物
琴譜半開，像林間晦明不辨。祖父曾說，這裡
鵝卵石由劊子手轉化而來
對此我深信不疑

小溪洶湧。未知的花兒皆白
我願意放棄自律。
我隔著一堵牆
聽他的十指傾訴我之不能

他將承擔自己的禮崩樂壞
他將止步
為了一個被分裂的蕭邦
在眾人矚目的花園裡

劊子手也有祖國，他們
像絕望的鵝卵石被反復沖刷
世界是他們的
我率「眾無名」遠遠地避在斜坡上

2009.2

翠
鳥

池塘裡，
荷葉正在爛掉。
但上面的鳥兒還沒有爛掉——

它長出了更加璀璨的臉。
時而平白無故地
怪笑一下。
時而遞給我一個杯子，
又來搶這只杯子，剝去我手心的玻璃。
我們差不多同時
看見了彼此。卻從未同時忘掉。
如今有更多容器供我回憶，
複製老一輩人的戒心。

還有許多自我。
有許多平衡。

哦，這裡有多麼璀璨，多麼忠實的臉。
讓母親在晚飯中煮熟更遠的亭子。
而我們相互的折磨將堅持到第二天早晨。

良馬

半夜起床，看見玻璃中猶如

被剝光的良馬。

在桌上，這一切——

筷子，勞作，病歷，典籍，空白。

不忍卒讀的

康德和僧璨

都像我徒具蓬勃之軀

有偶爾到來的幻覺又任其消滅在過度使用中。

「……哦，你在講什麼呢」，她問。

幾分鐘前，還在

別的世界，

還有你

被我赤裸的，慢慢挺起生殖器的樣子嚇著。

而此刻。空氣中佈滿沉默的長跑者

是樹影在那邊移動。

樹影中離去的鳥兒，還記得腳底下微弱的彈性。

樹葉輕輕一動

讓人想起

擔當——已是

多麼久遠的事情了。

現象的良馬

現象的鳥兒

是這首詩對語言的浪費給足了我自知。

我無人

可以對話，也無身子可以出汗。

我趴在牆上

像是用盡畢生力氣才跑到了這一刻

2009.5

暴雨頻來

暴雨無休止沖刷耳根
所幸我們的舌頭
是乾燥的
晚報上死者的名字是乾燥的
燈籠是乾燥的。
宿命論者正跨過教室外邊的長廊
他堅信在某處
有一頂舊皇冠
始終為他空著
而他絕不至再一次戴上它

絕不至與偶爾搭車的酷吏為伴　　不與獄卒為伴
不與僧人為伴
有幾年我寧可棄塔遠遊
也不與深懷戒律者並行
於兩場暴雨的間歇裡。

我得感謝上蒼，讓我盡得寡言之歡。
我久久看著雨中的
教堂和精神病院
看著臺階上

兩個戴眼鏡的男子

抬著一根巨大圓木在雨中飛奔。

鞭出來歷不明的人

是這場暴雨的責任

當這眼球上

一兩片兒灰暗的雲翳聚集

我知道無論一場雨下得多大

「喪失」——這根蠟燭

會準時點亮在我們心底

所幸它照出的臉

是乾燥的

這張臉正擺脫此刻的假寐

將邀你一起

為晚報上唯惡的社會公器而哭

將等著你，你們

抬著巨大圓木撲入我的書房

取了我向無所懼的燈籠遠去

2009.5

067

晚安，菊花

晚安，地底下仍醒著的人們。

當我看到電視上湧來

那麼多祭祀的菊花

我立刻切斷了電源──

去年此日，八萬多人一下子埋進我的體內

如今我需要更多、更漫長的

一日三餐去消化你們

我深知這些火車站

鐵塔

小橋

把妻子遺體綁在摩托車上的

丈夫們

亂石中只逃出了一隻手的

小學生們

在湖心燒掉的白鷺，與這些白鷺構成奇特對應的

降落傘上的老兵們

形狀不一的公墓

未完成的建築們

終將溶化在我每天的小米粥裡

我被迫在這小米粥中踱步

看著窗外

時刻都在抬高的湖面

我說晚安，湖面

另一個我在那邊閃著臆想的白光

從體制中奪回失神的臉

我說晚安，

遠未到時節的菊花。

像一根被切斷電源的電線通向更隱秘的所在

在那裡

我從未祈禱，也絕不相信超度

只對採集在手的事物

說聲謝謝──

我深知是我親手埋掉的你們

我深知隨之而來的明日之稀

2009.5.12　汶川地震一周年。

伐樺

砍掉第一根樹枝。映在
臨終前他突然瞪大的
眼球上。那些樹枝。
那些樹葉的萬千圖案。
我深知其未知，
因為我是一個喪父的人。
我的油燈因恪守誓言而長明

連同稀粥中的鬼臉。
餐桌上。倒向一邊的蠟燭。
老掉牙的收音機裡，
依然塞著一塊磚。
我是一個在
細節上喪父的人。
我深知在萬物之中，
什麼是我。
我砍掉了第二根樹枝和
樹下的一個省。

昨天在哪裡？
我有些焦燥。

我的死又在哪裡？

為什麼我

厭惡屋頂的避雷針。

我厭惡斧頭如同

深知惟有斧頭可以清算

我在人世的愚行。一切

合乎詩意的愚行。

2009.10.7　父親去世兩個月紀

繩子的兩端

夏夜，

樂於睡在自家小庭院裡。

死去的親人化作微風

搖著我的椅子。

鬆馳下來的繩索上

吊著當天的髒衣服。

我睡著了

又反復醒來

像繩子的兩端仍有呼吸

我反對闡釋兩端。

也反對述說中間的部分。

一如身旁樹叢

我知道那裡有一道長廊遠未建成──

在它的盡頭

有紅磚的如來。鋼筋攪拌水泥的上帝。或者說，

有卡夫卡在

他的地窖中

博爾赫斯在曲折的圖書館裡。我看見，

他們在恐懼中微笑。他們在隨時隨地說錯話。他們

在拒絕。

我不是他們。

我反對他們。

我唯有髒衣服孤單迷人

我在人間鼾聲大作

過度的困惑已像月輪漸隱

我的方法全是古老的方法。

我從夢中醒過來。

我從爬滿牆頭的

金銀花模糊的語調中醒過來。

我從一件

髒衣服上醒過來。

我在醒著的時候再次醒過來。

但我，假託自己永遠活在兩端之間

2009.5

本體論

每一個早晨。每一個黃昏。鏡子告訴我，

「這是你。先生。這張臉」──

與昨夜相比，

這張臉失而復得。

我知道世上的失而復得之物終將鑄成玫瑰

在自我的爐膛邊等待再次熔去

從這張臉上分開的

郊外小路像草下的巨蟒四散。

每一個夜晚。我在這些荒僻小路上跑步

一路上，街角，玫瑰，櫥窗內的

狼籍杯盤，貧民窟，月亮，如此清晰。

它們為什麼

能夠如此清晰？

小路有時會爬到我的膝上來哭，

為了這清晰。

為了瞬間即至的路的盡頭。

還有鐵窗外，芭蕉的沖淡。

埋在芭蕉下的父親用我們燒掉的筆，

給我們寫信。

與匍伏著的意識的巨蟒相比，

它們為什麼

能夠如此清晰？

假如本體論真能賦予我們以安慰，它將告訴我們，

現象其實一無所附而

訣別將源源不絕

每一個早晨。每一個黃昏。像空了的枝頭

之於未來的果實，

像短促的自我之於

自我的再造。

「告訴我，先生」──

是什麼，在那永恆又荒僻的小路上跑動？

2009.11

難嚥的粽子

早餐是粽子。我吃著粽子的時候
突然被一件古老的東西
我稱之為「千歲憂」的東西
牢牢地抓住了。
我和兒子隔桌而坐　看著彼此
一下子瓦解在不斷湧入的晨霧裡

我告訴兒子，必須懂得在晨霧
鳥鳴
粽子，廚房，屋舍，道路，峽谷和
無人的小水電站裡
在熙熙攘攘的街頭和
街角炸麻雀的油鍋裡
在尺度，願望，成敗和反復到來的細雨裡
在鬧鐘的表面
在結著黃澄澄芒果的林間
在我們寫禿掉的毛筆裡
處處深埋著這件東西。
像一口活著的氣長歎至今

這是白髮蓋頂的教義。

或許，心口相傳將在我們這一代結束

將不再有人

借鳥鳴而看到葉子背面的

永恆沉沒的另一個世界

另一片永不可犯的黑色領域。

除了那些依然醒目的──

譬如，橫亙在枝椏間的月亮

即便在叛逆眼裡

在約翰‧藍儂和嬉皮士眼裡

也依然是一句古訓

讓我們認識到，從厄運中領悟的與

在街頭俯首可拾的，

依然是毫無二致。如果我們那麼多的安慰

僅僅來自它已經被毀掉的，脆弱的外殼

為什麼仍須有另外的哲學

另外的折磨？在這盤難以嚥下的粽子和

它不可捉摸的味道之上──

在這個安靜的早晨。為什麼？

2009.5

十字架上的雞冠

在鄉下

我們是一群雷劈過的孩子

遺忘是醒目的天性。

從未有人記得，是誰來到我們的喉嚨中

讓我們鳴叫

任此叫聲──浮起大清早無邊的草垛。

而所有文學必將以公雞作鄉村的化身：

當詞語在手上變硬

鄉村列車也藉此，穿過我的亂髮而來。

公雞的叫聲，在那顱骨裡

在燈籠中

在舊的柏油馬路上

鳴叫之上的隱喻，

點綴鳴叫之中的孤單。

倘我的喉嚨，是所有喉嚨中未曾磨損的一個。

從未有人記得，是誰在逼迫我

永記此鳴叫，

在我恒久沉默的桌面之上──

像記得那滋潤著良知的

是病床之側的淚水

而非冥想，或別的任何事物

永記那年，十字架上雞冠像我父親的腦溢血一樣紅。

2008.11

湖邊

垂柳摁住我的肩膀，在湖邊矮凳上
坐了整個下午。今年冬天，我像隻被剝了皮的狗
沒有同類。也沒有異類。
沒有噴嚏。也沒有語言。

湖水裏著重症室裡老父親
昏饋的腦袋伏在我的膝上。我看見不是我的手
是來自對岸的一雙手撐住他。
僵直的柳條，
垂下和解的宮殿。
醫生和算命先生的話，
聽上去多麼像是忠告。
夜間兩點多，母親捧著剝掉的黃皮走來
要替代我到淤泥的走廊上，歇息一會兒

2008.12.24

懷人

每日。在樹下撿到鑰匙。
以此定義忘卻。
又以枯枝猛擊湖水，
似佈滿長堤的不知不覺。

踏入更多空宅。
四顧而生冠冕。
還記得些什麼？
驀然到來的新樹梢茫然又可數。

二十年。去滬郊找一個人。
青丘寂靜地撲了一臉。
而我，斑駁的好奇心總慣於
長久地無人來答——

曾幾何時。在你的鞍前馬後。
年輕的體用輕旋。
一笑，像描繪必須就簡，
或幾乎不用。

空宅子仍將開花。

往復已無以定義。

你還在那邊的小石凳上，

仍用當年舊報紙遮著臉。

2009.4

老藤頌

候車室外。老藤垂下白花像

未剪的長髮

正好覆蓋了

輪椅上的老婦人

覆蓋她癟下去的嘴巴，

奶子，

眼眶，

她乾淨、老練的繡花鞋

和這場無人打擾的假寐

而我正淪為除我之外，所有人的犧牲品。

玻璃那一側

旅行者拖著笨重的行李行走

有人焦躁地在看鐘錶

我想，他們絕不會認為玻璃這一側奇異的安寧

這一側我肢解語言的某種動力，

我對看上去毫不相干的兩個詞（譬如雪花和扇子）

　　　之間神祕關係不斷追索的癖好

來源於他們。

來源於我與他們之間的隔離。

他們把這老婦人像一張輪椅

那樣

製造出來，

他們把她虛構出來。

在這裡。彌漫著純白的安寧

在所有白花中她是

局部的白花耀眼，

一如當年我

在徐渭畫下的老藤上

為兩顆碩大的葡萄取名為「善有善報」和

「惡有惡報」時，覺得

一切終是那麼分明

該幹的事都幹掉了

而這些該死的語言經驗一無所用。

她罕見的蒼白，她罕見的安寧

像幾縷微風

吹拂著

葡萄中「含糖的神性」。

如果此刻她醒來，我會告訴她

我來源於你

我來源於你們

箜篌頌

在旋轉的光束上，在他們的舞步裡
從我腦中一閃而去的是些什麼

是我們久居的語言的宮殿？還是
別的什麼，我記得一些斷斷續續的句子

我記得舊時的箜篌。年輕時
也曾以邀舞之名獲得一兩次倉促的性愛

而我至今不會跳舞，不會唱歌
我知道她們多麼需要這樣的瞬間

她們的美貌需要恒定的讀者，她們的舞步
需要與之契合的緘默──

而此刻。除了記憶
除了布拉姆斯像絮入眼球的粗大砂粒

還有一些別的什麼？
不，不。什麼都沒有了

在這個唱和聽已經割裂的時代

只有聽，還依然需要一顆仁心

我多麼喜歡這聽的緘默

香樟樹下，我遠古的舌頭只用來告別

2010.7

稀粥頌

多年來我每日一頓稀粥。在它的清淡與
嶙峋之間,在若有若無的餐中低語之間

我埋頭坐在桌邊。聽雨點擊打玻璃和桉葉
這只是一個習慣。是的,一個漫無目的的習慣

小時候在稀粥中我們滾鐵環
看飛轉的陀螺發呆,躲避曠野的悶雷

我們冒雨在荒岡築起
父親的墳頭,我們繼承他的習慣又

重回這餐桌邊。像溪水提在桶中
已無當年之怒——是的,我們為這種清淡而發抖。

這裡面再無秘訣可言了?我聽到雨點
擊打到桉葉之前,一些東西正起身離去

它映著我碗中的寬袍大袖,和
漸已灰白的雙鬢。我的臉。我們的臉

在裂帛中在晚霞下彌漫著的

偏街和小巷。我坐在這裡。這清淡遠在拒絕之先

2010.7

活埋頌

早晨寫一封信。
我寫道，我們應當對絕望
表達深深的謝意──
譬如雨中騎自行車的女中學生
應當對她們寂靜的肢體
青筍般的胸部
表達深深謝意

作為旁觀者，我們能看到些什麼？
又譬如觀魚。
覺醒來自被雨點打翻的荷葉
游來游去的小魚兒
轉眼就不見了
我們應當對看不見的東西表達謝意。
這麼多年，惟有
這魚兒知道
惟有這荷葉知道
我一直懷著被活埋的渴望

在不安的自行車漸從耳畔消失之際。

在我們不斷出出入入卻

　從未真正佔據過的世界的兩端

2010.8

卷柏頌

當一群古柏蜷曲，摹寫我們的終老。
懂得它的人駐紮在它昨天的垂直裡，呼吸仍急促

短裙黑履的蝴蝶在葉上打盹。
彷彿我們曾年輕的歌喉正由雲入泥

僅僅一小會兒。在這陰翳旁結中我們站立；
在這清流灌耳中我們站立——

而一邊的寺頂倒映在我們腳底水窪裡。
我們蹚過它：這永難填平的匱乏本身。

僅僅佔據它一小會兒。從它的蜷曲中擦乾
我們嘈雜生活裡不可思議的淚水

沒人知道真正的不幸來自哪裡。仍恍在昨日，
當我們指著不遠處說：瞧！

那在壩上一字排開，油鍋鼎騰的小吃攤多美妙。
嘴裡塞著柳丁，兩腳泥巴的孩子們，多麼美妙

滑輪頌

我有個從未謀面的姑姑

不到八歲就死掉了

她畢生站在別人的門檻外唱歌，乞討。

這畢生不足八歲，是啊，她那麼小

那麼愛笑

她畢生沒穿過一雙鞋子。

我見過那個時代的遺照：鋼青色遠空下，貨架空空

如也。

人們在地下嘴叼著手電筒，挖掘出獄的通道。

而她在地面上

那麼小，又那麼愛笑

死的時候吃飽了松樹下潮濕的黏土

一雙小手捂著臉

我也有雙深藏多年的手

我也有一副長眠的喉嚨：

在那個時代從未完工的通道裡

在低低的，有金剛怒目的門檻上

在我體內的她能否從這人世的松樹下

再次找到她自己？哦。她那麼小，

我想送她一雙新鞋子。

一雙咯咯笑著從我中秋的胸膛蠻橫穿過的滑輪

垮掉頌

為了記錄我們的垮掉

地面上新竹，年年破土而出

為了把我們喚醒

小魚兒不停從河中躍起

為了讓我們獲得安寧

廣場上懵懂的鴿群變成了灰色

為了把我層層剝開

我的父親死去了

在那些彩繪的夢中，他對著我乾燥的耳朵

低語：不在乎再死一次

而我依然這麼厭倦啊厭倦

甚至對厭倦本身著迷

我依然這麼抽象

我依然這麼複雜

一場接一場細雨就這麼被浪費掉了

許多種生活不復存在

為了讓我懂得——在今晚，在郊外

腳下突然出現了這麼多深深的、別離的小徑

2010.12

遊九華山至牯牛降[1]一線

油菜花為何如此讓人目眩？

按說

在一個已經喪父的詩人筆下

它應該是小片的、

分裂的，

甚至小到一個農婦有點髒的衣襟上。

從那裡

從臨近積水而斷頭的田埂

從她哺育的曲線上，吹過一陣接一陣令人崩潰的花粉

鄉親說，除了出獄者

祖輩們就埋在這地裡。

名字只有一個，

生活僅存一種：

稀粥對稀粥的延續。

而屍骨上的油菜花為何如此讓我們目眩？

細雨中

喧鬧的旅遊者魚貫而入，

遠處有黑色的載重貨車駛過。

---

[1] 牯牛降為自然遺產保護區，位於安徽省祁門縣和石台縣交界處。

我呆立三小時，只為了看
一個偏執的僧侶在樹下刺血寫經

為了種種假託，我們沉屙在身。
此刻這假託僅限於
被春雨偶爾擊落又
能被我們的語言所描述的花瓣——
哪怕只是一小瓣，它為何如此讓人目眩？
而自九華山到牯牛降，
這假託只有一種：
在它玄學的油菜花下沒埋過
一個出獄的人。
沒埋過一個以出獄為榮耀的人。
甚至沒埋過
一個對著鐵窗外的白色浮雲想像過監獄的人。

2011.4

異響

我聽到一個聲音。在家鄉結冰的桌面。
我曾經指它立誓的老榆樹
依舊挺立壟上,結著旁若無人的巨大黑瘤

在夏季它曾供出抽象的白花。
有人拿去獻給企圖媾合的女人,
有人用來祭奠亡者。
白花在不同的手上,
爆裂出不同的聲音。
我的耳朵為了分辨異響沖至他們的腕底

現在是冬季。田野因充滿思辨而白霧濛濛。
我跟他們再次相遇,
彼此都有謙遜的微笑。
但他們看出了我的身子
一捅即破:
多年前,我曾是個歇斯底里的孩子。
我的椅子總是離地半尺──

我知道對他們的描繪遠未結束。
是的,我聽到

一個聲音。我看到霧中朦朧的群像。

我知道彼此的審判

遠未結束：

「瞧！它就在那裡。」

2010.1

與顧宇羅亮在菲比酒吧夜撰

搖滾樂中夾雜江南的絲竹。上帝不偏不倚

他擲骰子

而彩色的平民賭博

吧台小姐說：塑膠籌碼可抵萬金

強悍舞步中自有過時的建築。

當鼓點停止

飛出去的四肢又回到身體上。

顧宇雙腿修長，

令羅亮不悅。

啊，怎麼辦？

大家一起來嘗「閒暇」這塊壓抑的鳳梨吧。

啤酒中拼起來的，

正是應我邀約而來的幾張老臉。

吵什麼呀。

誰沒有過雪白的童年，

誰不曾芒鞋踏破？

整個晚上我穿過恍惚的燈光搜尋你們

你好嗎，小巷的總統先生

你好嗎，破襖中的劉皇叔

幸虧遺忘不曾挪動過。幸虧我

記得那裡

並在其中度過平凡又享樂的四十年

2010.12

杏花公園[1]散步夜遇凌少石[2]

小路盡頭立著老亭子

在林木蓊鬱的深處，見欄杆剝漆

你推著病母的輪椅緩緩而出

亭子邊，小販子埋頭在賣烤羊肉串

讓我們猜猜這爐火後藏著什麼。

癱瘓老母親更容易聽見羊的

呼哨聲。

而這兩個中年男人：一個老練的育種專家

一個詩人

並不指望羊烤熟了就能迎來某種

節制的覺醒——

他反復問我

你寫下那麼多詩句有什麼用

「古典」在哪裡？「現代性」又在哪裡？

我只聽見撕成碎片的羊在炭火上擊掌大笑

好吧。讓我們猜猜這大笑中她是誰。

在斷橋上跟老友告別

---

[1] 合肥市蜀山區的一座公園。

[2] 作者舊友。

我伸手到湖那邊造出了新亭子

每次散步後，都要坐上幾分鐘。

這個早已謝頂的人

二十多年前？

是啊，鄉村初中的同學

曾與我相約在文字獄中共度餘生。

2011.2

街頭怒漢

我不會愛上一個被過濾的世界

譬如雪花壓著的扇子

或在你舌尖上

快即溶去的鹽

小時候，我對著玻璃杯中旋轉的蛋黃發呆

如今這一切

漸漸遠了

我愛的是舌尖而非鹽

我愛的是胸膛上刺著靛青之龍的

街頭怒漢的舌尖

誰來買下三孝口[1]的油炸食品？

這些狗雜種的食品。

印著地獄條碼的

金黃色、根莖狀的食品——

在短而悶熱的

傍晚，

緘默的四月快過完了。

他們把油鍋架在林蔭道上

---
[1] 合肥市地名。

他們把油鍋架在

十步殺一人的記憶裡

他們把油鍋架在女兒幾分錢的絨線玩具上

他們把油鍋架在十字架邊：

當十字架像偶至的細雨讓人灰心

我愛著這個冥思盡失的世界如

遮蔽眾人頭頂的濃蔭已經形成

但一首詩的神祕

並不會窮盡於此。

街燈照著

我筆下不可預知的句式，和他們

不斷從油鍋抽出的筷子，

他們漸漸遠去的舌尖。

是啊，

細雨中

緘默的四月快過完了。

2011.4

兩種謬誤

停電了。我在黑暗中摸索晚餐剩下的
半個桔子
我需要她的酸味，
喚醒埋在體內的另一口深井。
這笨拙的情形，類似
我曾親手繪製的一幅畫：
一個盲人在草叢撲蝶

盲人們堅信蝴蝶的存在，
而詩人寧可相信它是虛無的。
我無法在這樣的分岐中
完成一幅畫。
停電正如上帝的天賦已從我的身上撤走
枯乾的桔子
在不知名的某處，正裂成兩半

在黑暗的房間我們繼續相愛，喘息，老去。
另一個我們在草叢撲蝶。
盲人一會兒抓到
枯葉
一會兒抓到姑娘渙散的裙子。

這並非蝶舞翩翩的問題
而是酸味盡失的答案。
難道這也是全部的答案麼？
假設我們真的佔有一口深井像
一幅畫的謬誤
在那裡高高掛著。
我知道在此刻，即便電燈亮起，房間美如白晝
那失蹤的半個桔子也永不再回來。

2011.6

與吳少東杜綠綠[1]等聚於拉芳舍[2]

鵝卵石在傍晚的雨點中滾動。

多疑的天氣讓狗眼發紅

它把鼻子抵上來

近乎哀求地看著嵌在玻璃中的我們

狗會擔心我們在玻璃中溶化掉？

我們慢慢攪動勺子，向水中注入一種名叫

　　「伴侶」的白色粉末，

以減輕杯子的苦味。

桌子上擺著幻覺的假花-----

狗走進來，

一會兒嗅嗅這兒。一會兒嗅嗅那兒。

吳少東在電話另一頭低低吼著。

杜綠綠躺在雲端的機艙，跟醫生熱烈討論著

　　她的銀質牙箍。

我們的孤立讓彼此吃驚。慣於插渾打科或

神經質的大笑，

只為了證明

---

[1] 均為合肥籍當代詩人。
[2] 咖啡館名。位於合肥市蕪湖路東段。

我們片刻未曾離開過這個世界。
我們從死過的地方又站了起來

這如同狗從一根繩子上
加入我們的生活。又被繩子固定在
一個假想敵的角色中。
遛狗的老頭扭頭呵斥了幾聲。
幾排高大的冷杉靜靜地環繞著我們

不用懷疑，我們哪兒也去不了。
我們什麼也做不成。
繩子終會爛在我們手中，而冷杉
將從淤泥中走出來
替代我們坐在那裡，成為面目全非的另一代人。

2011.6

駁詹姆斯・賴特[1]・有關輪迴的偏見

我們剛洗了澡，
坐在防波堤的長椅上。
一會兒談談哲學，
一會兒無聊地朝海裡扔著葡萄。
我們學習哲學又栽下滿山的葡萄樹，
顯然，
是為末日作了驚心動魄的準備

說實話我經常失眠。
這些年也有過擺脫欲望的種種努力。
現在卻講不清我是
這輛七十噸的載重卡車，還是
吊著它的的那根棉線

雨後，
被棄去的葡萄千變萬化。
你在人群中麻木地催促我們
向前跨出一步。「你跨出體外，

---

[1] 詹姆斯・賴特James Wright（1927-1980），美國詩人，曾深
受中唐詩人王維的影響。

就能開出一朵花」¹。
你總不至認為輪迴即是找替身吧，
東方的障眼法向來拒絕第二次觀看。

我們剛在甜蜜的葡萄中洗了澡，
在這根棉線斷掉之前。
世界仍在大口喘著氣，
蚯蚓仍將是青色的。
心存孤膽的
海浪仍在一小步一小步湧著來舔瞧石。
我寫給諸位的信被塞進新的信封

2011.9

---

¹ 引自詹姆斯‧賴特的〈幸福〉一詩。

捂腹奔赴自我的晚餐

讓我們設想在每一條河中
在不同的時代躍出水面的魚
　　　　有一個共同的敵人

而將它在平底鍋上烤焦
是多麼乏味的事啊。
這光潔的瓷盤中，我們曾燒死過布魯諾[1]

讓我們設想這條魚遊弋在我的每一首詩裡。
寫獨裁者的詩
寫寂靜的邊境修道院的詩
寫一個黑人女歌手午夜穿過小巷被扼住喉嚨的詩
寫我父親癌症手術後
　　　　跟蹌著去小便的詩
寫雨中的老花園的詩

---

[1] （Giordano Bruno，1548-1600），義大利人，殉道者。因批
判經院哲學和反對地心說，1592年被捕入獄，最後被宗教
裁判所判為異端燒死在羅馬廣場。

我往它切開的腹中撒下鹽

和古怪的花椒。

不再是一小把、一小把的泥土和劈劈啪啪的泡沫

而將剖開我腹部像扒開河面奪路而去的

又是怎樣一個神經質的、

　　疲倦不堪的孩子？

我說過死神也不能讓我喪失語言。

誰能真正猜到一條

魚在那火中的回憶──

它油膩膩的皮肉是本時代的文學，卻不是我的。

我有一份破釜沉舟的晚餐：

正如此刻在沙發下打盹的貓

　　和任何一片乾涸的河床

曾經拒絕的那樣

兩僧傳 [1]

村東頭有個七十多歲的啞巴老頭
四處偷盜，然後去城裡聲色犬馬

一天清晨
有個僧人跪在他的門口。頭上全是露水

他說：「你為什麼拆掉我的廟呢？
我乞討了四十一年，才建起它。

我從餓虎，變成榆樹，再變成人，
才建起了它。

為了節省一口飯的錢，
我的胃裡塞了幾條河的砂子。

現在，
你殺掉我吧。」

啞巴老頭看也沒看他一眼，
又去城裡尋歡作樂了

─────────────
[1] 此詩獻給我的曾祖母。她乞討數十年在桐城縣孔鎮建起
「迎水庵」。上世紀六十年代「文革」中被毀。

他再也不願回到村裡。今天他老病交加
奄奄一息睡在街頭

僧人仍跪在空房子前。幾個月了。
鄉親們東一口、西一口地救活著他。

「他們兩個都快死了」
一個老親戚在我的書房痛哭流涕

是啊。
可我早已失去救人、埋人的力氣

我活著卻早已不會加固自己。
我糊裡糊塗的臉上在剝漆

漫長的夏季。我度日如年
我是我自己日漸衰老的玩偶

2011.7

再讀《資本論》[1] 札記

奢談一件舊衣服，

不如去談被榨乾的身體。

他說，凡講暴力的著作常以深嵌的囈語為封面。

第一次枕著它，

是小時候陪父親溪頭垂釣。

老黨員搓著手，

把骯髒的誘餌撒向池塘。

我在獨木舟上，在大片崩潰的油菜花地裡

睡到心跳停止。

日冕之下，偶爾復活過來

記得書中一大堆怒氣沖沖的單詞

對家族，這是份難以啟齒的遺產。

祖母信佛，

而父親寧願一把火燒掉十九個州縣。

這個莽撞的拖拉機手相信，

灰燼能鑄成一張嶄新的臉。

他們爭吵，

相互乞求，搏鬥，

---

1 1867年，卡爾・馬克思（Karl Marx）《資本論》第一卷
出版。

又在深夜的走廊上抱頭大哭。

祖母用白手帕將寺廟和諸神包起來，

藏在日日遠去的床底下，

她最終餓死以完成菩薩們泥塑的假託。

而父親如今也長眠山中，

在那裡，

「剝削」仍是一個詞。

「均貧富」仍是一個夢想。

墳頭雜木被反諷的雨水灌得年年常青

為一本舊書死去，

正是我們應有的方式。

多年以來，我有持鏡頭寫史的怪癖。

只是我不能確知冤魂項上的絞索，

如何溶入

那淅淅瀝瀝的空山新雨。

因為以旗為餌的城堡早已不復存在。

理當不受驚擾的骨灰，

終不能免於我的再讀。

初識時，

那三、兩下醒悟的鳥鳴仍在。

像池塘在積攢泡沫只求最終一別。

而危險的尺度正趨於審美的末端

2011.10

菠菜帖

母親從鄉下捎來菠菜一捆

根上帶著泥土

這泥土，被我視作禮物的一部分。

也是將要剔除的一部分：

──在鄉村，泥土有

更多的用途

可用於自殺，也可用來堵住滾燙的喉嚨

甚至可以用來猜謎。

南方丘陵常見的紅壤，雨水

從中間剝離出砂粒

母親仍喜歡在那上面勞作。

它又將長出什麼？

我猜得中的終將消失。

我猜不到的，將統治這個亂糟糟的世界

是誰說過「事物之外、別無思想」？

一首詩的荒謬正在於

它變幻不定的容器

藏不住這一捆不能言說的菠菜。

它的青色幾乎是

一種抵制——
母親知道我對世界有著太久的怒氣

我轉身打電話對母親說：
「太好吃了」。
「有一種剛出獄的澀味」。
我能看見她在晚餐中的
獨飲
菠菜在小酒杯中又將成熟
而這個傍晚將依賴更深的泥土燃盡。
我對匱乏的渴求勝於被填飽的渴求

2012.1

養鶴問題

在山中，我見過柱狀的鶴。

液態的、或氣體的鶴。

在蕭穆的杜鵑花根部蜷成一團春泥的鶴。

都緩緩地斂起翅膀。

我見過這唯一為虛構而生的飛禽

因她的白色飽含了拒絕，而在

這末世，長出了更合理的形體

養鶴是垂死者才能玩下去的遊戲。

同為少數人的宗教，寫詩

卻是另一碼事：

這結句裡的「鶴」完全可以被代替。

永不要問，代它到這世上一哭的是些什麼事物。

當它哭著東，也哭著西。

哭著密室政治，也哭著街頭政治。

就像今夜，在浴室排風機的轟鳴裡

我久久地坐著

彷彿永不會離開這裡一步。

我是個不曾養鶴也不曾殺鶴的俗人。

我知道時代賦予我的痛苦已結束了。

我披著純白的浴衣，

從一個批判者正大踏步地趕至旁觀者的位置上。

2012.4

蘋果

今夜，大地的萬有引力歡聚在

這一只孤單的蘋果上。

它渺茫的味道

曾過度讓位於我的修辭，我的牙齒。

它渾圓的體格曾讓我心安。

此刻，它再次屈服於這個要將它剖開的人：

當盤子捲起桌面壓上我的舌尖，

四壁也靜靜地持刀只等我說出

一個詞。

是啊，「蘋果」，

把它還給世界的那棵樹已遠行至天邊

而蘋果中自有懲罰。

它又酸又甜包含著對我們的敵意。

我對況味的貪婪

慢慢改變了我的寫作。

牛頓之後，它將砸中誰？

多年來

我對詞語的忠誠正消耗殆盡

而蘋果仍將從明年的枝頭湧出

為什麼每晚吃掉一只還非一堆？

生活中的孤證形成百善。

我父親臨死前唯一想嘗一嘗的東西，

甚至他只想舔一舔

這皮上的紅暈。

我知道這有多難，

鮮豔的事物一直在阻止我們玄思的捲入。

我的胃口是如此不同：

我愛吃那些完全乾枯的食物。

當一個詞乾枯它背後神聖的通道會立刻顯現：

那裡，白花正熾

泥沙夾著哭聲的建築撲上我的臉

2012.6

麻雀金黃

——給藍角、李三林

我嘴中含著一個即將爆破的國度。

誰的輕風？在吹著

這城市的偏街小巷

早晨的人們，沖掉馬桶就來圍著這一爐大火

又是誰的神祕配方

扒開胸膛後將一群群麻雀投入油鍋

油鍋果然是一首最古老的詩

沒有什麼能在它的酸液中復活

除了麻雀。它在沸騰的鍋中將目睹一個新世界

在那裡

官吏是金黃的，制度是金黃的，赤腳是金黃的。

老雀們被撒上鹽仍忘不了說聲謝謝

柳堤是金黃的

曠野是金黃的

小時候，我縱身躍上穿堂而過的電線

跟麻雀們呆呆地蹲在一起。

暴雨來了也不知躲閃。

我們默默數著油鍋中劈劈啪啪的未來的詞句

那些看不起病的麻雀。

煤氣燈下通宵紮著鞋底的麻雀。

為了女兒上學，夜裡去鎮上賣血的麻雀。

被打斷了腿在公園兜售氣球的麻雀。

烤山芋的麻雀。

青筋凸起的養老金的麻雀。

每晚給不懂事的弟弟寫信的妓女的麻雀。

霓虹燈下旋轉的麻雀。

現在是一個國家的早晨了。

在油鍋中仍緊緊捂著這封信的麻雀。

誰的輕風？吹著這一切。誰的靜脈？[1]

郵差是金黃的。忘不了的一聲謝謝是金黃的。早餐
　　是金黃的

2012.6

---

[1] 斯洛文尼亞詩人阿萊西・希德戈的句子。

夜間的一切

我時常覺得自己枯竭了。正如此刻
一家人圍著桌子分食的鳳梨——

鳳梨轉眼就消失了。
而我們的嘴唇仍在半空中，吮吸著

母親就坐在桌子那邊。父親死後她幾近失明
在夜裡，點燃灰白的頭撞著牆壁

我們從不同的世界伸出舌頭。但我永不知道
鳳梨在她牙齒上裂出什麼樣的味道

就像幼時的遊戲中我們永不知她藏身何處。
在櫃子裡找她
在鐘擺上找她
在淅淅瀝瀝滴著雨的葵葉的背面找她
事實上，她藏在一支舊鋼筆中等著我們前去擰開。
沒人知道，
連她自己也不知道

但夜間的一切盡可刪除

包括白熾燈下這場對飲

我們像鳳梨一樣被切開，離去

像杯子一樣深深地碰上

嗅著對方，又被走廊盡頭什麼東西撞著牆壁的

「咚、咚、咚」的聲音永恆地隔開

2012.9

石頭記

小時候我們埋伏在

榛樹叢裡

用石塊襲擊騎車的老人

那時的摩天輪歸他們所有。湖水歸他們所有。

而他們在十字架上，裝聾作啞

如今我騎在車上。輪到你們了

胸口刺青的壞小子們

短裙下露出剪刀的姑娘們

輪到你們了

請用hysteria[1]的石塊擊翻我。

請大把大把地，揮霍我剩下的惡名

剪刀埋伏久了

終會生出鏽來

還有生著鏽的教室柵欄之內

女教師在黑板上

解釋著進化論，和

人生百年一醉的無用。

我看見你們無心聽課

---

[1] hysteria常譯作「歇斯底里」。

蜂擁著埋在各個街道兩旁的
樹叢裡──

那麼，好吧，請用石頭瓦解這個
想脫胎換骨的人。
他快老了
拇指經常發抖
勒住這輛失控的自行車已有些吃力。
黑白相間的亂髮像一座舊花園。
來吧，攻擊這座邏輯的
舊花園

成長的野史蠱惑著每個人
佈滿世界的
石頭和它泛著苦味的軌跡
我聽見我細雨中的扶棺之手這樣
哀求著沸騰的石塊
來吧
來吧，擊碎我。

2012.7

入殮師

我的朋友：樂隊大提琴手
其實只想做個入殮師。
蟄伏於金碧輝煌的舞臺中央
在眾多樂手間
他土黃、常見的臉算是個障眼法：
從中苦練著入殮的技藝

D弦是緩緩塗抹於死者面部的彩繪？
而G弦
又像是隔世的交談：
（當代浮躁的葬儀省略了這個環節）
A弦上的錯覺，正努力
撬開台下已緊閉的耳朵。
他記得小時候練琴
穿過雜亂的小巷
桐花滿地
從低矮木篷下湧來那些模糊的哭聲

瓦礫之上
是流雲磨礪的虛空
也是我們終被燒成灰燼的虛空

他看見自己蹲在那裡

用油漆描繪一具具快速冷卻的身體

繪他的耳廓

繪他C弦上曾經柔韌的腳踝

繪他曾情欲蓬勃的陰莖

「我能在另一個上醒來？」

為了兩種技藝的轉換

他站在緊緊拉起的猩紅色天鵝絨大幕之後。

旋轉的燈光熄掉

像從不承認、也絕不依賴一個真正的旁觀者仍能

　　　　獨活下去一樣——

2013.4

在暴雨中

我喜歡注視被暴雨擊潰的
四處奔逃的人群

頭頂公事包、缺少權謀的
底層官吏。雙手緊扣著魚腮的小販子

一手攢著紅領巾、一手捂著胸的
女學生和她病虎一樣的媽媽

我死去多年的老父親
也突然現身在暴雨中

被鑄成泥俑的秦漢士卒，塑成
蝴蝶的那些女人也憤怒地恢復原形

在銀白又急遽的雨點中。廣播播放各種警告
廣播中住著將咖啡一飲而盡的閒人

我從窗簾後看去。也從鐫刻為書頁被摞入
櫃子的舊版中看去──

當穹頂慢慢地合攏

那些年。那些人。那些四分五裂的臉

2013.4

失去的四兩

「這世上，到底有沒有火中蓮、山頭浪？」
褒禪山寺的老殿快塌了，而小和尚唇上毫毛尚淺

「今天我買的青菜重一斤二。
洗了洗，還剩下八兩」

我們談時局的危機、佛門的不幸和俗世的婚姻。
總覺得有令人窒息的東西在頭頂懸著

「其實，那失去的四兩，也可以炒著吃」
哦。我們無辜的絕望的語言耽於遊戲──

「賣菜人兩手空空下山去」。
似乎雙方都有餘力再造一個世界

當然，炒菜的鏟子也可重建大殿。我們渾身都是
缺口。
渾身都是伏虎的傷痕

2013.5

京郊嶗山記

連猛虎也迷戀著社交網路

更遑論這些山裡的孩子

愛幻想讓他們鼻涕清亮

整個下午，奪我們手機去玩僵屍遊戲

滂沱的鼻涕能搭起好幾座天堂

而老人們嘲笑我們這支尋虎的團隊。

他們從青檀中榨出染料

令我們畫虎

畫溪上的鳥兒，揣了滿口袋的卵石而飛得緩慢。

畫村頭的孕婦，邋遢又無憂

畫那些柿子樹。當

複雜的腦部運動創造出這群山、小院和顏色。

面赤、無鬚的柿子像老道士前來問候

「你好嗎」——

山裡太冷了。我無以作答。廢玉米刮痛我們的神經

我能忍受，早年收穫的那些

有少數的一部分仍在綻放

一口大鍋中，浮出衰老的羊頭。

孩子們可等不及了。

而「我們吃掉的每一口中，都焊接著虛無」

在臆想的語法中姑且稱這裡為嶗山。

飯後的月亮越來越大

我們四肢著地，看鼻涕的群山沸騰

孩子們一直嘲笑直至

暮色剝去我們的人形

2013.1

自嘲帖

淤泥在夜間直立起來,而
上面鐫刻的名字我們並不認識

這是否證明每一個活著的人,都是他與死者的
合體,而這發現將是一種新的倫理?

哦傍晚。五十個男人叼著煙散步,我聽見
死掉的人混跡其中

他們嘴裡塞著落葉。舌下埋著不一樣的氧氣。
誇張的新衣服創造了誇張的身體

這是否證明我們需要更多氧氣,或者
我根本沒有能力將這首詩寫完?

這真叫人沮喪
自古狀物都叫人沮喪

空中浮著回憶的碎木屑
我的嗓子卡在不可知裡

像錯覺的湖面把這張中年的臉切成兩半
對稱將傷害第三者

這是否證明每一首詩都不能偏離裂變的哲學，而
我卻叫不出另一半？

惟有這一個擁有刀片般的自嘲
是同時照亮兩張臉的灼熱燈芯

2012.2

憶顧準

讓他酷刑中的眼光投向我們。

穿過病房、圍牆、鐵絲網和

真理被過度消耗的稀薄空氣中

仍開得璀璨的白色夾竹桃花。

他不會想到,

有人將以詩歌來殘忍地談論這一切。

我們相隔39年。

他死去,只為了剩下我們

這是一個以充分踐踏換取

充分懷疑的時代。

就像此刻,我讀著文革時期史料

脖子上總有剃刀掠過的沁涼。

屋內一切都如此可疑:

舊檯燈裡藏著密信?

地上繩子,彷彿隨時直立起來

擰成絞索,

將我吊死。

如果我呼救,圓月將從視窗撲進來堵我的嘴

逃到公園

每一角落都有隱形人

沖出來向我問好

要麼像老舍那樣投身湖下，

頭頂幾片枯荷下下棋、聽聽琴？

可劊子手

也喜歡到水下踱步。

制度從不饒恕任何一個激進的位址。

1974年，這個火熱的人死於國家對他的拒絕

或者，正相反——

用細節複述一具肉身的離去已毫無意義。

1975年，當河南板橋水庫垮壩

瞬間到來的24萬冤魂

願意舉著燈為他的話作出注釋。

我常想

最純粹的鏡像僅能在污穢中生成，而

當世只配享有傑克森那樣的病態天才。

憶顧準，

是否意味著我一樣的沉屙在身？

但我已學會了從遮蔽中捕獲微妙的營養。

說起來這也不算啥稀奇的事兒

我所求不多

只願一碗稀粥伴我至晚年

粥中漂著的三、兩個孤魂也伴我至晚年

2013.3.18

白頭與過往

漢苑生春水，昆池換劫灰。

──李商隱

早上醒來，她把一粒黃色致幻劑溶入我的杯子。

像冥王星一樣

從我枕邊退去，並濃縮成一粒藥丸的致幻劑：

請告訴我，

你是橢圓形的。像麝香。僅僅一粒──

因為我睜不開雙眼，還躺在昨夜的搖椅裡。

在四壁的晃來晃去之間，

我總是醒得很晚。

七點十分，

推開窗戶。

在東風中打一場太極。腕底黃花，有裂帛之力。

街頭，

露出那冬青樹。

哦。老蟾蜍簇擁的冬青樹。

圍著幾個老頭，吃掉了一根油條的冬青樹。

追不上有軌電車，

罵罵咧咧的冬青樹。

穿著舊褲子，

有點兒厭世的冬青樹。

焦頭爛額的相對論，不能描述的冬青樹。

苦海一樣遠的冬青樹。

請告訴她，

經歷了一夜的折磨，

在清晨，我需要新鮮的營養。當鬧鐘響了，

——隔著拱廊，我聽見她

在廚房撬開「嘉士伯」瓶塞的

「怦，怦」聲。

（晨飲一杯啤酒，有助於我的隱姓埋名。）

七點二十分，

從塔下回來。

拳法和語法中的老鶴，雙雙斂起翅膀。

剪刀。字典。

立於桌面。

她給我送來了早餐：

一碗小米粥。一頭烤麒麟。兩只煎雞蛋。

我坐在桌邊喝著粥。陽光射了進來，

慢慢改變著，我下半身的比例。

她的耳朵，

流出岩漿。

現在，輪到她躺到搖椅中了。

這個從馬戲團退休的魔術師有假寐的習慣。

她已經五十五歲了。

我念給她聽報紙的要聞。又揭開，她身上的

瓦片，看一眼她的生殖器。

啊這一切。一如當初那麼完美。

再次醒來時，她還會趴在我的肩上，

咬掉我的耳朵並輕聲說：

「念吧。念吧。

大白話裡，有我的寺院」。

她映在鏡中的幾張臉，標著甲、乙、丙、丁的編號。

像曬在冬青樹上，

不同顏色的褲子。

一雙小羊角辮，

勝過所有的幻覺。那是──

30多年前。

覆蓋著小賣部的，玻璃的樹冠。

她用幾句咒語，讓鎮裡的小水電站像一陣旋風消

　　　失了。

工人們把她鎖在配電車間裡，

用瓦片狠狠地砸她。

一街冬青樹都撲到窗玻璃上喊著：「臭婊子，

臭婊子」。

如今，她體內收藏著這些瓦片。這些最挑剔的，

足夠多的瓦片。

——在舞臺中央，她常將手中的瓦片變成

幾隻撲愣愣的鴿子。

這麼多白色的，倫理學的鴿子。和黑色的，

辯證法的鴿子。

不可測的鴿子。

從鐵塔上。都飛起來了。

聚光燈下，

椅子遠逝。

當年深陷在父母眼窩的，

一裡多長的河水，如今在臺上直立著。

當她揭開盒子上的舊麻布，

那座邈邈的小水電站，

又回到了我們眼前。

當年那片，發白的蘆葦。

當年繞著我粗大陰莖產卵的，魚群。

連同這些，無火的破廟。

婚喪的宴席。

我要一塊兒向你們問聲好。

當韓非子說出,「百尺之室,以突隙之煙焚。」

你們所留下的。

和這燒掉的「既往」。

仍在這小園子裡。

像一局殘棋,那麼清新可辨。

——「也惟有,魔術可以收攏起這些,碎片」。可
　　我總是在

不斷地埋怨自己。我是個病人,

我手持重兵,

不該輕信這個披著小花毯的,虛無主義者。

但舍不下的假相,

總讓我坐立難安。

我勸她多服藥。拒絕「破窗效應」。

立足於此世。

這麼多年過去了。

我仍在勸她栽冬青樹三棵,分別取名「儒」、
　　「釋」、「道」。

分別享受這三棵樹的喧嘩

與靜穆。

「我把自已埋在樹下。

第二天，總被別人挖出來」。

哦，冬青樹。

冬青樹裡埋著這些人。

當年的狗雜種。如今的白頭翁。

中午對飲。她把一粒藍色致幻劑壓在舌頭根下。

雷聲，

沿著她的裙子，

滾到了她的腰間。

在小桌邊，

她吃著芹菜。

她專心致志地嚼著芹菜，毫不理會在

——煙蒂，殘茶，撲克，利盟（LEXMARK）牌印
　　表機，油漆。

碟片，剃鬚刀，消毒液，避孕藥，遊戲指南，之上。

在門外小池塘，鯢魚背上。

在水電站站長的頭頂。

在柏油路上。在黑白片中。在京郊。在漢口與

長沙之間。

在拖拉機爛在地裡的安徽省。在一座座

被隕星砸毀的，屋簷下。

在由此上溯一千年的，一個農婦恍惚的針尖上。

在基因裡──

滾來滾去的春雷聲。

我是一個經驗主義者，

適合與這樣的人對飲。

我把那些失蹤的事物視之為我的「譏誚」，或魔術。

　　我把

飄在空氣裡的，

插滿芹菜的盤子。叉子。碟子。

和疑為芹菜所變的，

盤子。叉子。碟子。

還沒來得及進化為鴿子的瓦片。

概述為「惘然的敬意」。和一個人在語言中，不及
　　物的行程。

噢。以一杯五十二度的醇漿，

克制著它們的亢奮。

這是哪一年？哪一年。斜坡從

冬青樹叢裡，帶著泥躍出。

供兩個人的帝國在那裡形成。

我給她念剪下來的報紙要聞。

一塊兒聽著，

前蘇聯垮掉的鐘聲。

小賣部旁。熱騰騰的輪胎，

正變成她嗜愛的，意識形態的芹菜。

——我是一個種過芹菜的人，

深知其中的不易。

又或者不是這個人？不是這一副在

終將枯萎的花環中，

癱瘓下來的面孔。不是這個，人老珠黃的魔術師。

是另一個女人的側面？

在臥室裡。我送她一盒阿奇黴素片。她給我看她引

　　以為傲的小腹。

這個把石頭搬來搬去，

摸到一塊石頭，就能變成一盞燈的人。

有一盞液體的燈。

一盞嗅覺的燈。

一盞誓言的燈。

用一排老冬青樹，緊緊地將它環起。

它無與倫比的樣子，

有時讓我視線模糊。

夜間。在傻乎乎的孤枕邊。朝唇上，翻出硫酸的
　　泡沫。

從小賣部旋轉著的後門走出的
人。都有一個裂開的下巴。
如今的白頭翁。當年的狗雜種——
他們玩著刀子，
在小劇團，
吹起蝙蝠一樣憂傷的口哨。
你稱之為「涿縣野種」的這幫街頭痞子。跳到了
桌子上。
把拳頭整個兒地塞進蕩婦們的陰道。
在哄堂大笑中。在那些年。廉價的噱頭足以謀生。
當，滴入瓶中的高錳酸鉀，
在紅布下，
變成了一隻隻孟加拉虎。
你告訴他們。虎是假的。瓶子也是假的。
不存在比喻。也不存在慰藉。
像冬青樹。從不需要遮蔽的
那些事物，在硬殼下的秩序之變。
「像大衛科波菲爾（David Copperfield），用電鋸

鋸開了自己的臉」。

他們有著從自欺的戲法中脫身的本領。

但所有人，寧肯相信他們的「所見為真」。

他們目瞪口呆地看著，一輛輛卡車

在我的嘴裡溶化掉。

看著我在一個空杯子裡，

徒手再造了紐約城。

——讓那幫小混混，那些食不知味的人居住。

哦。這些風中的鐵環。

這些不知名的法器。

攢著手電筒飛越湖面，只為了一睹奇跡的大眾。

你們樂不思蜀的。

和那些終將葬掉你們的。

那些。非個人的盒子。

和不可戰勝的手杖。

那些。用最簡單線條畫出的迷宮。

如今在哪裡？還剩下什麼

仍駐留此處？

像嗚咽著擊翻冬青樹林的一粒粒恆星。嵌在無人可
　　問的夜空。

晚上蟄居，蟲集於冠。我們分享著一粒黑色的致
幻劑。

我有些累了。

隔幾分鐘，就去一趟陽臺。

我歌頌陽臺的那些雜物。

幾年前喝剩下的

一杯可口可樂。

幾件宋瓷的贗品。

——她穿破的舊褲子。

一只舊藍子。

幾張購物卡。

曾幾度廢掉的筆記。

被老鼠啃噬的《新左派評論》。

我遺忘在鑽石中的避雷針。

為什麼？還在這裡。

當，蒙泰斯達被路易十四欽定為王后，

在她種植的冬青樹下，

警方挖出了兩千名嬰兒的骨灰罐。

她的故事。魔術在世俗中

激起的浪花。墨西哥長達幾個世紀的活人獻祭實踐。

為什麼？還在這裡。

像我每天走在路上，

經常感到無處可去。

想直挺挺站著死掉。

我想混入那些早起的送奶工人。學他們的樣子。在

　　　冬青樹的陰霾裡，

不停地咳嗽著。

可一個斷然的句號把我們隔開了。

我。還在這裡。

我的替身。也還在這裡。

——當遠處。從蛇膽中一躍而起的

　　月亮，

把斑駁的陰影印在高高昂起的蛇頭上。

我知道那些目不能及的

偶然之物，正在精確地老去。

如同白頭翁，

無情地覆蓋了狗雜種。

會有某種意外發生嗎？

當幾朵雛菊，在山坡上，與大片荒坡展開了辯論。

象徵著遺失的這場辯論。

象徵著屈辱的，咕咕叫著的鴿群，

在空中，曲著脖子。

彷彿從未接受過那魔術的馴導。

哦小賣部旁的餘蔭。

她不顧一切的遠離。

更加對抗的冬青樹。

假如我不曾吃過你哺育的小麒麟。

假如我在拒絕它的靈性之時。也拒絕它的皮毛。

年過四十。我寫下的詩歌深陷在了

一種連環的結構裡。

像建在我臥室裡的那些，死而復生的小水電站。

正冒著甜蜜的淡煙。

桌上。

唯物的麒麟依然不被認識。

我撫慰著她不被認識的恐懼。

作為一種呼應：

我的小米粥裡，

神跡像一圈漣漪正在散去。我所歌頌的雜物。

我的冬青樹叢。

正在散去。

我的厭倦在字典中，標著甲、乙、丙、丁的編號。

舊家具裡，

紋理深深的算術題。

假如我們從未經歷這一切——

當她把窗簾的拉杆拉斷了。轉過頭來，問我：

有沒有來世？

我說「沒有」。

她終於數清了剪刀下的冬青樹。又轉過頭來問我：

有沒有此世？

我說「沒有」。

她喝光了苦澀的小米粥。抹抹嘴。問我：

有沒有一個叫「涿縣」的小鎮子？

我說「沒有」。

我們可憐地抱在一起。

像摸到的石頭都變成了燈一樣的，局促不安。

她的喘息，變得又粗又重，

悶頭喝著「嘉士伯」啤酒。

我捏著無聊的碳筆劃畫。

我在一張白紙上，

畫下了「失衡的斜坡。與抖動的馬體。」

我寫道，兩個毫不相干的事物

之間。有著若干種更深的次序。

就像日常生活的

屍體，每天都來到我的身上。

彷彿──又覺得難以合身。

像一排隨處可見的老冬青樹，

在街頭，被別人無端剪成了環形。

為什麼總是「別人」？別的，

燈盞。字典。

立於桌面。

當雨水順著她們的葉子。慢慢垂下了

我的形狀。我的傳統。

宛若白頭之下。

雷聲滾過它曾經愛著的每一條舊裙子。

2007.12～2008.1

（此詩獻給客死在河北的、我的朋友ML先生和RJ女
士。一對魔術師伉儷。）

口腔醫院

──我們的語言？某種遺物。

在唾棄，和它日夜磨損著的籠子裡。

──陳先發，2008年4月

「那年。婚後」，我們無法投身其中的

一次遠遊──

在暴雨沖刷過的碼頭，

堆滿了催人老去的易燃垃圾。

啊，暴雨。暴雨過去了，

昆蟲忘憂，

小窗子跳出很遠。

黃昏的蚌殼，舊鐘錶店，幼龍，尖蟻，和玩世不恭
　　的海藻，

在我們腳踝上閃光。

凝固了的伐木工人，

他們的放肆暫時歇下。

我將為他們豎立打牌，抽煙，胡鬧的雕像。

巨幅的海鮮看板下。問：

（當你一粒又一粒地嚼著阿斯匹靈，

在「牙疼即真理」一類的讖語前。）

此刻，還應期待一些別的什麼？

不遠處，一隻黃鸝和一隻白雀在枝頭交換身體。

是的。我們聞到了。

看到了：就在那裡。它們大張著嘴，

喳喳地──嗓子裡燒焦的檀香木，

從尾巴上跳躍著的，

幾點光斑得到平衡。

而擦著鼻血的賣花小姑娘，由一個忽然變成了一群。

正好，我有閒心來描述她們的籃子。

瞧瞧這些吧：

叫人漸悟的小松枝，和

夾竹桃花的欲言又止。

戲劇性的野菊？

和百合的某種「遺址氣息」。

有著惡名的銀桂；

秘不可宣的小葉蘭。

矢車菊的彈性，和五雷轟頂的

曇花：

雖然只有那麼幾秒──

我在辦公室，也曾種過一盆。

我用複雜的光線幫它們生長。

而螺旋狀片片疊起的紫羅蘭，

總是相信色情能創造奇跡？

還有，「不需要定語」的鶴頂紅；

側著臉像在悔過的菖蒲與紫荊⋯⋯

石斛，在這一帶很少見，

為了保持形式感犧牲了香氣。

有時我擔心「說出」限制了這些名字。是的，

這些剛摘來，很鮮嫩。

我尚欠她們一個成年，

當盛開只為了被拒絕。

我用這死了千百次的句式來描繪她們，

寫下第一句了，就等著第二句來寬恕。

寬恕我吧，濃濃的

福馬林氣味──

當我的口腔裡一個詞在抵制另一個；

單義的葡萄藤，在覆蓋多義的葡萄藤；

雙重的傍晚在溶入單一的傍晚。

我知道這不過是現象的某種天性：

像八歲時，醫生用塑膠手電筒撬開我的嘴，

他說：「別太固執，孩子。也別

盯著我。

看著窗外翻空跟頭的少女吧，看她的假動作。

再去想一些詞！你就不疼了」。

他把五噸紅馬達塞進了我的口腔，

五噸，接著是六噸……

好吧，好吧。我看少女，

她另一番滋味的跟頭。

我想到兩個詞是：「茄子」和

「耶路撒冷」。

當年老的攝影師喊著「茄子」——

一大排小學生咧著雪白的牙齒。

像啣著一枚枚失而復得的指環。

我知道世上的已知之物，像指環一樣都能買到。

付一半零錢，請賣花姑娘擦乾鼻血。另一半塞進售
　　票窗口，

得到一座陌生的小鎮：

在四川，一塊災後的群山裡？

你捂著外省的臉。

泡沫一般的雜辭。

我整日的答非所問。

而所有的未知之物——請等一等，

如果天色晴朗，

我願意用一座海岬來止住你的牙疼。

站在那兒俯瞰，

視線甚至好過在碼頭上：

簷角高高翹起的宮殿，在難以說出的雲彩裡。

是啊。所有未知之物正如一個人在

精確計算著他的牙疼。

誰還有一副多餘的身體？

嘩變了各省只留下口腔，

棄掉了附屬僅剩下牙疼。

在那裡。我們與模糊的世界

達成一體。

整整一個夏季，當我們在甲板上

練習單腿站立和無腿站立。

海浪翻滾的裙裾。

紅馬達轟鳴的福馬林。

閉著眼。閉著嘴。

當一些東西正從我們口腔中遠去。如同，

「藍鬚晰絕種了。而——那個詞還在」。

轉身，而後失掉這一切。

窗玻璃上崩潰的光，貞節的光，

伴隨著氣象的多變，

在這個出汗的下午。

味覺在筷子上逃避著晚餐——正如奧登在

悼念葉芝時說道：

「水銀柱跌入垂死一天的口腔」。

水銀柱在哪兒？它純白的語調中慢慢

站立起來的又是什麼？

我們所講的絕對，是否也像在霧氣中

顯出的這一株柳樹在敲打

它的兩岸。

哦無用的兩岸引導我的幻覺。

這憑欄遠去的異鄉，

裝滿白石灰的鐵駁船。小鎮。方言。人物。在街上

跑來跑去的母雞。

一樣的綢緞莊，一樣的蝴蝶鋪。

一片蓋著油毛氈的鐵路局老宿舍。

一些衝動的片斷和

一致的風習的浪費。

早上從瓶中離去，傍晚又回到瓶中的，

正是這些，

不是別的。

是無限艱難的「物本身」。

但我從未把買來的花兒，

插在這只瓶子裡——

「那年。婚後」，當我買來一隻黃鸝和一隻白雀

養在雨後小山坡上。

我還欠她們一個籠子。

是籠子與身體的配合，

在清談與暢飲中分享了辯證法的餘火。

就像這不言不語的小寺院，在晚風中得到了遠鐘的

　　　配合。

我給你摘下的野草莓，

得到了一根搓得滾燙的草繩的配合。

我們虛擲的身體，

得到了晚婚的配合。

在山坡上。你一點一點地舔著自己的肢體。

紅馬達輕輕穿過你的雙耳，

開始是五噸，後來是六噸……

哦你的小乳房：

兩座昏饋的小廚房，

有梨子一樣的形狀正值它煮沸之時，

聽收音機播放南面的落花。

對於隨牙疼一起到來的某次細雨，

我欠它一場回憶：

當四月的遠遊在十月結束，

漫長堤岸嘩嘩嘲笑著我們婚後的身體。

那些在語言背後，一直持弓靜立的東西，

究竟是什麼？

在碼頭上我有著不來不去的恍惚。

那麼多

灌木叢中的小憩，和

長驅入耳的蟲鳴。

如此清晰又被我的記錄逼向了假設。

碗中的蟒蛇正引導著我餐後的幻覺。

哦，紅筷子夾住的

蟒蛇和紅馬達轟鳴的旅途。

當你悶悶不樂舉著傘，

在雨水中旋轉的街角，

迎來了一個庸醫的配合。

他說：「想想看吧。這口腔並不是你的。

是一隻鳥的。

或者一個乏味的聖人。這樣想想，

你就不會疼了」。

「也可以想點別的。街道很安靜，

一只球被踢出京城」──

是啊我見過這樣的景象：

一個乏味的聖人和一隻鳥共同描述

他們面對的一顆雨滴。

他們使用了一個共同的詞──不管，

這個詞是什麼，

嵌在他們帶血的牙齦上。

這個詞得到了迷惘的配合，

像你離去後空椅子的移動。

──在枝頭，兩隻空椅子在鳥的口腔裡移動。

我的觀看是為了它們的加速。

是的。我不疼了。

我看見我坐在另一座

霧中的碼頭上。另一場晚餐裡。

另一個我可以叉開雙腿，坐小樹椿上

吹吹口哨，

為這二元論的蒙昧河岸乾一杯。

呵莫名其妙的柳樹。

莫名其妙的寓言。

對於奧登與葉芝可以互換的身體：我只欠喊它一聲

「茄子」──像這些鳥的口腔

只欠一些誤入其中的蟲子。

這個庸醫只欠一個假動作。

我的觀看只欠一個小姑娘的鼻血；

這張手術臺只欠一場病因。

分辨的眼睛。並非區別的眼睛。

這只眼睛看到，

一只不祥的舊球被踢出京城──

在它的運動中，擁有身體，

不再需要新的容器了。

像一滴汗從我的耳根滑過，

在譫妄中擁有一個新的名字。

喊一聲試試？瞧瞧她在

哪裡應答──

在河的對岸，

還是在一枚幽閉的釘子裡面；

在骨灰盒中，

還是在三十年前某個憂心忡忡的早晨。

或者像婚前那樣，迷信四邊形的東西，

躲在櫃子裡寫了一夜的短信。

用聲音的油漆，

把自己刷一遍。

用膽汁把房子建成穹形，在小凳子上

擺放了形形色色的盒子。

喊一聲試試？瞧瞧哪個盒子

會打開自己：

找到一個詞！

順從這個詞，一切由它說了算。

讓我們在廉價店鋪裡談論它。

在死前攥著兒子的手留下它。

並最終藏在棺材裡撫摸著它。

我們發誓忠於它：

一個詞。

像碼頭上的青年軍官發誓忠於

他白癲瘋的妻子。

我們願意毀掉其他所有的詞並

忠於那個盒子裡的一切：

它的舊衣服。那些不可捉摸的紅色。

閉著眼。閉著嘴——

聽從這個詞來瓦解窗外的荒野。

聽從它將幼龍變成老龍。

聽從這些和解：線上與線之間；

在心電圖和它的隱喻之間；

在柳樹和榆樹之間；

在阿房宮與水立方之間……

隨清風達成口腔中的史學，

像秦始皇完成對美色的勘誤。

讓這個詞告訴你我們將抵達哪裡。當你尋歡的

腳步像魚擊的錫鼓

在松針撞出微小的回聲。

聽從這個詞，像一個老婦人在展覽館裡

拔著它一無所附的灰燼。

聽從它在威斯康辛的白煙滾滾，當葉胡達・阿米亥

　　　（Yehuda Amichai）

輕於紙張的詩句也

聽從它在頭頂的石榴中

傳來爆裂的劈劈啪啪聲。

聽從其中的鹽。聽從這座「霜刃未曾試」的課堂。

聽從它的名下之虛。

當你連說一聲謝謝都很難了。

這碼頭轉動，

你坐在椅子上朝我眨著眼睛，

這是「忘我」和吞嚥的眼睛。

當體內簾子的拂動，遮蔽了婚後的臥室。

小窗子在直覺中跳向柳樹。

炊煙露出充滿經驗的弧形。

我告訴你這個詞已經找到了。

當我喊到「柳樹」，

便有一株在某個角落醒過來——

像擺在膝上的《壇經》，

從某一頁湧出了合唱。

當我喊到「蜘蛛」，

靈魂的八面體就來了，

我拒絕了其中的七面。

像一幅畫著牆的畫掛在牆上，

裡面的門彷彿從未有人開啟。

當我喊到「花兒」，

花園卡在了我的喉嚨中，

這包含了橢圓，路線，和單音節的悲憫。

因為講不清的原因我們在交換著身體。

我知道我要的不是這三個詞。

是別的一些東西。

另一座碼頭上，植物性的悲歡。

在「那年。婚後」——

當小瓶子只容得下兩具啼笑交集的身體。

我們所追逐的詞將回到那裡。

我會放棄說出，口腔裡堆積的

那些名字。那些機體。那些過時的謊言。

在全部的硬幣湧出瓶口之前。

對一次苟同眾議的婚姻，

我手中的鞭炮需要滿街的鞭炮來否定。

我虛無的牙疼在

找回那個詞像小姑娘

賣光了花兒後放下她的空籃子：

當一群又恢復為一個。

這是絕望的哲學，

也是清新的雨滴。

遠遊中我崩潰過一次，

也僅僅承認過這一次。

我知道我愛的並不是你──

我一個人在暴雨後的鋸木場閒逛。好吧，

我知道有「某個東西」：

不管它在哪裡，

我將一直環繞著它。由它來寬恕遭遇它的人們。

在杜冷丁一樣口腔中。在杜冷丁一樣的夜空下。

從未有過完整的柳樹。

我曾經那麼害怕它的完整，

如今我受夠折磨，

再也不用怕它了。連同一旁的田壘，

新長出的瓜果，

也已不足為懼。

從未有過紅馬達。

當語境的口腔醫院在我的口腔中建成。

誰又能像這

餐桌上烤熟的蟒蛇

一樣做到物我兩忘？

從未有過故鄉。

孔城：江淮丘陵的一個小鎮。

四月的孩子在青石板上玩著亞麻色的

螃蟹、老龍和螺旋槳。

他們將一直

玩到秋天：我不在其中。

這本身就是另一場拒絕。

但從未有過拒絕。在它嘈雜的街道上，

我走過了，卻沒有力氣再走一遍。

那些老竹竿搭起的狗肉排檔上，

夜間賭酒，吸毒的少女，

從不談起自己的父母和姓名，

只給我們摸一摸她刺了靛青虎頭的腹部。

從未有過另一個人——

讓我在公園長椅上醒來時會變成他。

當啤酒中捷足先登的島嶼，

混合著夜裡越來越稀少的鳥鳴。

從未有過一堵牆。

臉上寫著「深挖洞、廣積糧」、「備戰備荒」，

二胡從它的背後探來，

帶給我一個聲音，

一個滿月的聲音。

一個老女人在舊皮箱裡整理兒子遺物，

小溪水順著她的腳踝攀登的聲音。

從未有過「下崗工人」。

當他們的80年代全部用於在廢墟中

尋找自己的女兒。

從未有過他們的煤油燈。

和一毛三分錢一斤的早稻米。

從未有過窮人的天堂。

也從未有過我的目的地。

當我對它的一無所求演變為

詼諧。並對這種詼諧有了不可抵禦的憎恨。

從未有過一種語言練習，

可以完成那屈辱的現實。

從未有過挖苦。

從未有過魯迅。

從未有一封信。它寫道：

「我造出過一隻籠子。從那裡飛出的

鳥兒永遠多於飛進去的鳥兒。

從那裡出生的女兒，

要多於背叛的女兒。

她們的口紅。她們繃得緊緊的牛仔褲。她們的消化
　　器官。

我不知道怎麼辦才好，

我總是在家裡難以隱身」──

從未有過這個家。也從未有過放置盒子的那些角落。

從未有過窗外葡萄和

它們體內歌唱輪迴的樂隊。

從未有過秦始皇。

當他在帶箭的車輦上豪邁宣告了

萬物的臣服，

宣告了鋸齒狀的牆垛和群島的逶迤，

宣告了神祕的珠算。

從未有過更遠的世界，當藍眼球的盎格魯－撒克

　　遜人，

他們對別人疆域的征伐，

必須由失敗者記錄下來。

從未有過鎂光燈的頻閃，

當你喊著「茄子」，那些骨灰盒裡臉，

沉澱在硫磺沖洗的底片裡。

從未有過浮雲，

從未有過斜塔。

從未有過孔雀。為了開屏尋找那恆定的觀眾，

她必須依賴主題公園，

長出一年三換的醜臉。

從未有過一種遠遊，像

空氣中的高頭大馬，

當她繞著樹幹大叫三聲，

樹下的僧侶走向了圓熟。

從未有過「田納西州」和「陶淵明」，

當他們結出的籬笆是瞬間的，山巔

罈子裡的晚霞再不能安慰你。

從未有過一個詞是我們這雙手的

玩物，

也從不是我們這顆心的玩物——

從未有過「那年。婚後」像

我們並不信任的醫生一樣，

當他醇練的手術在某個早晨消失，

當賣花姑娘的籃子是空的。

我們的口腔如何才能不辜負，

那偶然闖入的天賦……

從未有過對立。

也從未有過和解。

從未有過一把必然的椅子在我死去後，

能如此長久地這麼空著。

連此刻的喘息它也再記不起。

2008.5

你們，街道

鑿井北陵隈，百丈不及泉。

——鮑照

寫一首詩，臨近中年的兇險。

寫一本書，要用更強的聚光燈了。又

不願棄去胸中的鐵塔。

不得不強設一些人事。一些場景。

比如這次。我塑造了兩個老木偶，在午後。

抬著一塊玻璃，在最強烈的對應中，

到我想去的地方去。

哦，這是午後的老木偶過街。

兩旁新建的大廈紛紛倒立著，

進入他們的玻璃：

有巴洛克式尖頂。有穹形門。或徽派的馬頭牆。

一只紅氣球，被一座大廈壓著。

兩棵樟樹之間，

幾個公務員的扁臉。

換來換去的，是總也數不清的

幾條腿。

孩子們喜歡危險的餘蔭。

他們把舊皮球踢往那裡。

為什麼有兩棵香樟樹呢？

讓員警鑽入其中一棵，吹著哨子，閒看樹後的飛禽。

按理說，愛看飛禽的人，

都見過一、兩座宿命的鐵塔。

多年前，「埃舍爾（M‧C‧Escher）用的是習慣性
的梯子。

他把梯子架在白色的果園裡。

從牆頭露出半截出汗的身體，

以此表示他的空間是多變的。

這在一個東方詩人看來，

未免有些幼稚。

他為什麼，不在那裡畫出一塊玻璃呢？

「噢，這鬼天氣‧‧‧‧‧‧‧」

街邊的人不住地打著噴嚏。掉下頭髮。

大約，兩點多鐘。

超級市場的人流中。

桔紅色的烏托邦正在形成。

從遙遠的果園。到貨架上，

貼著標籤的蘋果，

都再不能養活我了。

我是兩個老木偶中的一個。但又忘掉了到底是

哪一個。我出著汗表示我對生活有著無以復加的
　　盲從。
在舊皮球下的餘蔭晃過頭頂之際。

我早就談論過，中年的兇險。中年的不群。
像一幢大廈孤獨的第14層。
這塊琉璃，又必須安裝在那裡。
——樓下。
在剪得齊整的弧形花壇中。
小牆邊。安放著她的詞。她的梯子。她的天靈蓋。
我早就談論過天靈蓋，可你總是不信。
舌頭上的梯子，
有著果園般的靈巧，讓我欣喜。
而作為信號，還會有一隻紅氣球，
從那個窗口飄出來。
我愛過的女人住在那裡。
像一扇打開了半邊視窗的，陳述句。
她濃妝豔抹，證明她空室以待。
她無事可幹，就拿起毛筆
反復在額頭上寫著一個「且」字。
哦。「且」字——

（如此均衡的筆構，令人想起靈魂的祕密）。

二十五年來，她每天從視窗釋放掉

一個球體，

以獲得某種安慰。

此刻。她正安靜地拆著一個鬧鐘，輕輕摸著

那堆慢下來的肢體。

「給我一根新的秒針，我就不會拆掉它」。

過一小會兒，

她還將躲到桌子底下。

像幼年時躲在一截樹皮裡，

等著父親從夜間的屠宰廠歸來。

當樹皮在梯子裡閃亮。

門外的沙沙聲，像在另一個空間裡。「嗯，我提到

　　埃舍爾（M. C. Escher），

實在是迫不得已」。

如果玻璃送到，我們將獲得一口袋的硬幣。

像我談論過的建設。光有天靈蓋是不夠的。

我建設一條大街需要瀝青、鴿子和鉛筆，也需要一個

帕索里尼（Pier. Paolo. Pasolini）。

這個色情片導演的心，

在我看來，就像一個少女的肛門

那麼乾淨。

我愛過的女人卻不理解這些。她們建起了大廈往往

向南傾斜。她們缺少的，

唯心主義的磚塊就像

少女的肛門，那麼乾淨。

她們的防盜門。她們的權力。她們的晚餐。

在一棵香樟上透著暗香和戒律。

「你不是早就厭倦了嗎？為什麼，

又要來找我……」

她的喃喃自語，讓樓下的天靈蓋發燙。

「啊。你──」

你。為什麼不愛上一個木偶呢？

你的臉我轉身就忘了。在這個

由無數張臉排列成的剖面之上。

我真的是厭倦了。

我稍一用力，街道就滑出好遠。而你們，

坐在雜貨店裡賣禁片的小老頭。晾在自來水管上的

一條條蕾絲的襪子。

戲劇海報上乾巴巴的劉皇叔。

又正因厭倦與色情為我所愛。

哦。城市。你的景物為我所愛。

你的湖濱。你胯間的突然裂開的老木頭為我所愛。

你細線之下的淡水危機，

為我所愛。

你的謊言。和這謊言裡靈巧的舌頭為我所愛。

你確信我在活著嗎。活著。每天

看掉你的一抽屜碟片。

在被擦掉的擺放鬧鐘的位置上，

換上一台新的。並讓她，把手從午後的肛門上移開

我們談論的正是，中年的玻璃，

映照著中年的臺階。

帕索里尼（Pier. Paolo. Pasolini）總是在這樓梯埋下，

那些我們曾經愛過的女人。

在他的影片裡。果樹開花了。

白晃晃的一大片。

女人們繞著樹幹，

走過來。又走過去。

彷彿蘋果真能夠讓她們得以解脫一樣。

靠在梯子上的我們，難免五味雜陳。

這樣的障眼法。

這樣的時辰。

微風中，我們的眼睛是浮腫的。

我們看到的臺階，

永遠要比踩到的，少去一級。

從窗口遠去的紅氣球，

卻彷彿因此永生。

在她低垂的細線之下：

──菜市場邊。退休老工人正用油鍋炸著鵪鶉。

浮世繪的油鍋，三條腿支著。

而別的鵪鶉撲騰，

在郊外。明亮的山毛櫸林裡。

一只瓶子正「砰」地一聲，

冒出一大攤泡沫。

無人的樓梯上。一節臺階正在隱形。

桌邊。大辮子蓋住了半張臉的

那個女人，

扔掉了毛筆。正把舊鬧鐘的一個零件，

塞進果園一樣遼闊的陰部裡。

球是靜止的。

孩子們的天靈蓋在白線上一字排開。

（我談論過天靈蓋，可你總是不信）。

棚戶區上空。豬欄起伏。遠郊的群山也起伏。

群山不管多麼亂，

總像在等一個命令。一下子撲過來，埋掉我們。

按照埃舍爾（M.C. Escher）的說法。中年必須養一
　　些甲殼蟲。

以映襯那些小面積的果園。

中年的大屋之側，必須挨著兩樣：

寫著時代標語的精神病院，

和一座（季節性的）舊圖書館。

在甲殼蟲的背上。

煤氣燈具嘶嘶地響著。新一版的維基百科全書，

靜靜躺在雕花的櫃子裡。

圖書裡充滿了植物的幻覺描寫。這些正為我所愛。

這些年。我最喜歡做的，

就是一個人時，

與這些樹木的交杯言歡。

是哪一年？哪條路上？在郊野的開發區之夜。有

令人揪心的高壓線。

我們像兩棵黃楊木一般交媾。

我們是兩棵黃楊木裡溢出的死人。

如今，車窗外疾馳的科技大學

還在那裡。

而黃楊木做成的梯子，已經爛掉了。漸漸地，

對強設的東西感興趣。

對裸體感興趣。並，

懂得了「一個詞」的光與影。

長久地坐在這影子裡。坐在變硬的脂肪裡。

或者，在令人心慌的聚光燈下。

等候新的梯子，把我們運載到14層去。

老木偶們剃光頭。在甲殼蟲循環到來的頭與尾中，

喋喋不休地嘀咕著。

「我們，在玻璃反射出的樓梯之上，

走著。而這塊玻璃，

正抬著我們自己的手上」。

不要把腿邁得太高。不要迷戀逃跑工具。不要怨恨。

哦梯子你好。黃楊木你好。

在玻璃裡晃動的

大廈你好。我記得你至今仍是倒立著的。

假如讓這座大廈一直倒立下去。

在它的室內，Ricoh牌影印機會閃出藍光。

大約，兩點多鐘。

她喝掉一杯咖啡，

陷入了軟體動物般的沮喪。「如果，你們認為，

我放出的每一個球體，

都是可以複製的——或者說，倘能找到衡量命運的

另一把尺子，要遠遠重於擁有此刻。

如果你們真的這樣固執，

我也就無所謂了（不過是，一種說法）」。在午後

　　充足的光線裡，

這句話類同於一個讖語。

但最要緊的，是要找到

一個新的方法，

把垮掉的鬧鐘跟她的下半身分離開來。

當街頭，果樹開花。鴿子們在抖落翅膀上的金粉。

交叉小徑上，

白晃晃的一大片。

哦玻璃中的帕索里尼（Pier. Paolo. Pasolini），

你好。「我會在你臉上，

塗上一公斤的油彩。也會告訴你，

把我愛過的女人，埋在哪一截樓梯之上」。在3月

　　份，或者

不算太遠的另一些日子。我們

會為這種短暫的施與獲得某種回報。雖然

回報的白晃晃——僅限於視覺上的——連員警也不
　　屑將

它塗抹於路兩邊的，果樹上。當鴿子們

沿著弧形的老煙囪滑下。收攏起

（有時候，在細雨中）

爪子。在一曲雙簧中看到近於圓滿的結局

在我們談論的街頭。蘋果花燦爛，

讓人恍惚。

蘋果花的「破」與「立」，

是長期困擾我的一個問題。沒有一雙手，

可以抹去這些笑臉。

也沒有一些步伐，隨盲腸般的小巷溶入

迎面而來的薄暮，彷彿可以解開的繩索。

現在好了。蘋果花：這根「唯我論」的接力棒

我終於可以遞出去了：我看到

一大群傻乎乎的學生捏著焦炭在畫它。

像埃舍爾（M‧C‧Escher）一樣，我確信

在虛無中綻放的正是這些蘋果花。

不是你嘴中那些邏輯的呼哨。不是你夾在

一本書中，曾贈予我的那些褐色島嶼。

「在你們那個年紀，這滿街的身體都是

金幣。

去揮霍吧，揮霍吧」……

在那些，正被遺忘的聲音、圖案、線條裡。

當然，也不會是我用以自喻的這一種人：

在公共汽車上發愣，又幾乎在一個瞬間

就分成了三群。

一群站在原地歇斯底里了；另一群，在超市裡

買到了蘋果。

和蘋果園。

還有一群在聚光燈下，練習瑜伽。她們像多邊的玫
　　瑰順從了

局部的切割——從未有人懷疑過這一切。

她們中的一個，將獨自灰心地回到

那幢大廈的第14層，

趴在一個球體上哭泣。這是一個

多麼好的世紀啊。

靠杜撰就能博得雲彩。又能如此屈從於

與那些無名之物的默默交匯——

在這該死的中年。

我們活在強設的舊符號裡。

宛如玻璃中的臺階。

眼看著踩到它時，它就消失了。

腳一抬起，它又奇異地出現。

（這或許表明，我還有能力書寫具體）。

當午後的老木偶，緊盯著被我塞得滿滿的身子。

「……噢，這鬼天氣！」

我年邁的父母就曾躲在這樹皮裡。

白晃晃的一大片。

正在維基百科全書中查閱「鬧鐘」一詞的女兒，

等著他們從，另一個空間裡回來。

她沙沙響著的肢體。

她滾燙的天靈蓋。

（我談論過天靈蓋，可你總是不信。）

被一雙來歷不明的手拆著。

午後的銀河系，依然住在一朵燥熱的蘋果花上。

街上的果園，看上去都是

紅色的。這讓炸鵪鶉的小老頭覺得不可理喻。

他堅持認為，是他從雜貨店賣掉的

一張張碟片，

創造了偉大的帕索里尼（Pier. Paolo. Pasolini）。

「讓我去死吧──如果我不能從，

你們製造的梯子上。從這些技法上。從這些，

奇怪的東西中，分身出來」。

哦，我鑽入一棵遺忘已久的香樟樹。

吹著哨子。閑看飛禽。

又把舊皮球踢向餘蔭。

在那些該死的符號裡，

我已活到了中年。

在這個單細胞的。當隱喻，

成了一個流行病種的，世紀。

經驗們正「砰」、「砰」地冒著兇險的泡沫。

我有時走在左邊，有時又

走在了右邊。

不知用哪一具身子，在臺階上出著微汗。

2007.12定稿

姚鼐[1]

1774年冬。泰山北麓的小馬尾松結成扇形。

松鼠抱著松果，

回到岩下窩裡。

山腳下。祖父們在爛了的稻茬叢中起伏。

哦。他們至死的禾苗。

他們指間的寶塔。

（這樣的開闔。是否有更深的意思？）

在傍晚。當蝙蝠在小哨所和雜貨店的門框上排列出

　　　發光的圖案。

他們吐下的雨水。

枝條之下的雨水。

滴滴答答地稀釋著，

瓶子裡的蜂蜜。

──麻雀，飛快地將一枚板栗擊穿，

激起一小團叫做「時間」的褐色煙霧。

我歷來對這類風物的遺傳，

充滿了警惕。

像子宮的收縮。在那些彷彿可以隨意剪輯的句式中。

---

[1] 姚鼐（1731-1816年），「桐城派」之集大成者。1774年曾
寫出〈登泰山記〉。在仕途的巔峰期辭官回鄉，開館授學
教化民眾。

在蜷曲於一台電視機中度過的無聊下午。

我的遙控器裡，

有四個無名轎夫和知府朱孝純漫長的哈欠。

一個怪脾氣文人的膝蓋下，

側臥著為俚語所困的山頂。

當他用桐城腔念出「蒼山負雪」之時，

我忍不住笑了——

我認得那個蹩腳的男主角：

他扮演他難以理喻的姚鼐。

在清風剹開他的前額，

麻雀連續擊穿板栗、松果、和我換來換去的頻道
　　　之際。

他用手指攏了攏幾根花白的頭髮。

只有這一剎那的灰暗，

是恰如其分的。

這麼多年，我厭倦登山。

用腿丈量的舊障，我早已度過。

在呼嘯的纜車裡。

偶爾看一眼山外。

我知道那祭祀的香火中擺著我的桌子。

桌上。嗚嚥的小瓶子裡，

靛青的蜂蜜以凝固供我自省。

——大片的，《清史稿》裡的棠棣樹，在那裡。

邋遢主婦的小河水。

寬大履帶的卡車在山腹壓出的齒痕。

忽然一動的小石橋。和主婦們

捕捉麻雀的藍色舊圍裙，

在那裡。

圍著山巔在轉動的罎子和田埂。

捶打著山腳下一無所獲的沮喪。

挑糞農夫嘴角上，筆直的炊煙。和

數不清的，當我們老去便無人可屬的小河水。

——在那裡。

赤腳醫生張春蘭的小診所，

也在那裡。

樹蔭下。錐子的縫縫補補和

三兩聲止疼片般滾動的狗吠，

點綴著河岸——

假如姚鼐不曾登臨，

這一切已終難描繪。

我一個哈欠接著一個哈欠的下午像瓶子裡

發出「怦」、「怦」、「怦」的敲擊聲。

當老桑向屋頂展開尺度。

巉岩之灰在語文課本的

複述之中一年長高一寸。

我侄子曾送給我一尊泥塑的姚鼐。

披頭散髮的姚鼐，

有一張苦味兒的瘦臉。

侄子從合肥搪瓷廠下崗之後，再無事可幹，

整日躲在小屋子裡，

用木刻，竹雕，紙剪，鐵削，窖藏了無數個姚鼐。

（事實上，這不能養活他患肺病的妻子和

上小學六年級的兒子）

我罵他的時候，他急促地喘著氣，

大聲地跟我爭辯——

這也正如當年的姚鼐走了過來，

餘蔭下說著他坐地成仙的大夢。

哦。夏日的午後。

對生活的忍耐像一筆不動產。

悶熱哦。三尺多長。

稀裡糊塗的搪瓷和

理應扔到門外的不動產。

我們的爭吵中，間或刮進一縷清風：

當麻雀，擊穿打著盹的這粒粒桑椹——

我知道我的桌子終於從桑樹下擺出了。

我們談論著，那時的專制。

那時的金鑾殿。

那時的鐘聲。

那時的小池塘裡。從同一個切面截取的荷花，

被觀賞者愚蠢地比喻為「晚節」。

時而是悶熱的偏殿。在旁觀者眼裡。

我們是完全不能相容的兩個人。

你有衛道的

松枝。

我有世俗的桑椹。

你有一顆從祖臥的涼席上伸長了脖子，看門外

薺薺長出白花花身子的閒心。

我有無數個在街頭廝混，

攪著聲色的烤羊肉串，不願回家的夜晚。

你有墳頭的占星術。

我有瓜子殼吐了一地的，看不完的肥皂劇。

你有跟老僧談棋的

一壟，兩壟韭菜地。

我有——抱著靠賣淫養活全家的妓女一起哭，一起
　　用頭撞牆的
一面牆，和無數面牆。
那牆上的紅標語變得黯淡了。
那牆邊的哭聲，變得庸常了。
你有魚玄機。
我有瑪丹娜。
當那時的魚，從已經乾涸的硬泥躍出，
我知道這曾經讓我們相濡以沫的一切
都需要重建了。
不僅是這些東方的史詩：
像一把傘撐開了的《古文辭類纂》。
像一株劍麻般亂蓬蓬的《燕子箋》。
像拽著鐵塔，走過的寬闊湖面。
也不僅是那些我難以盡享的碎屑：
我侄子的頑症和
代代相傳的色彩。
當你有「論辯、序跋、奏議、書說、贈序、詔令、
傳狀、碑誌、雜說、箴銘、頌贊、辭賦、哀奠」這
　　十三棵小馬尾松。
我有湖邊，推不倒的雷峰塔。

假如這一切可以區分：從方苞浮雲般的雜記到

他無可名狀的文字獄。

從青翠的桑木。到桑木體內的絞刑架：

我可以擇一而居嗎？

從貌似看鶴，

到揣度它翅膀中深深的寒暑。

從午夜的街角，看著烤山芋的孤老太太，再也控不

　　　住地

喊了一聲「娘」。

到無人應答的，

在烤山芋中升起，熟透了的七級浮屠。

我們一塊兒護著的東西。在哪裡？

站起來，把瓶子裡的

蜂蜜都倒掉了。

把桌上成排的舊電線杆再數一遍。

把張春蘭家小診所，

在昏暗的煤油燈下，

偷偷賣光血漿的農民工再數一遍。

在草叢裡自言自語。默默地穿上舊盔甲。

我確知世間偉大的僧侶，

像明月一樣克服了對自身的厭倦。

他們登上了高高的山頂，

也依舊，討論鍋碗瓢盆的哲學。

當麻雀依次擊穿——伴我度過每一日的

這一杯殘茶。幾粒小藥丸。一枚結婚戒指。一瓶潤

　　滑劑。幾張塑膠

製成的老家具。

這樓角的舊自行車。老叫花子。無言的閱報欄。

在更遠處。這坍塌了一半的小祠堂。

已經垮掉了卻依然金燦燦的油菜花。

——這些走在街上的人。這些身分。

推銷員。妓女。計程車司機。官員。剃頭匠。

這些早上

剛換了新襯衫，

下午必將被汽車撞死的人。

這些剛走出小巷口，

就被一根扁擔捅出了腸子的人。

這些愛讀李商隱，

也將和他一樣死於肝硬化的人。

這些因活著而羞愧，

不得不去找死的人：

他們看著一根繩子發呆。

日光和塵土繞著繩子如同

這根繩子發出強烈的光線。

當這根繩子——最終吐出了寶石，我看見

更多的人：在廢加油站產下私生子的少女。

在班主任的櫃子中產下私生子的少女。

在精神病院產下私生子的少女。

在湖邊產下螃蟹的少女。

她們排著長隊。解開扣子。看著麻雀飛來，

一下子擊穿她們。

哦被擊穿的老瞎子哭了，

他看見已喝了一輩子的，潔白的牛奶。

——這一杯漫長的牛奶。

在我下午無聊的遙控器裡。

如果我用一隻麻雀真的貫穿了這一切。

是否可以確認這個世紀是我的，而不是你的？

當飛機的轟鳴傳遞過來

這無人看清的國度——

我又憑什麼留有這副剖開的腔腸？當侄子的

喋喋不休像

紛亂的桑木之蔭覆及整個下午的桌面。

麻雀體內發生了什麼。彷彿從未有人知曉。

當壯年的姚鼐辭官南下。

小毛驢馱著他的「教化」，

撒開了蹄子。

哦他的青磚灰瓦。他的後鼻音。他的印刷體。

程朱理學的小麻雀長鳴於每一戶的屋簷之下。

來不及逃掉的

祖父們被擊穿了。

學會了種地時根本用不上的「獅子吼」。

來不及梳妝的姑姑們，

流著鼻血。坐在桑樹下。

抱著滾燙的小板凳，

學會了寫名字。女工。刺繡。暗戀。玩魔術的白綾。

　　修廟。

她們也學會了，在夜間的棘叢中，

讓眼力勝過蟲眼。

以辨認那些朝來夕去的小河水——

學會了如何欣賞一個時代的胡言亂語。

這也是我的景象掏空了他的景象。

當我的小瓶子裡，

堅韌的冰柱融去，

擬為姚鼐的麻雀們喳喳地亂成了一團。

我知道世間那偉大的僧侶，

也正是今日，平面的僧侶。

那些。忽然一動的小石橋，

也正是那從未動搖過一絲一毫的小石橋。

我保持著對他早年的鄙夷。和晚年的敬意。

是什麼人在「扮演」他的教化？

──連續多日。我不再說一句話了。

教化煉成的虛無是如此硬朗，

一屁股坐上去之後，

那小板凳依然滾燙。

山腳下。

孤老太太的寶塔和

稻茬叢中薄霜的返光。

哦無常的小河水。

挑動了色情的小河水。

當我在書房中以冷眼為你的遠望做好了鋪墊。

當我覺得「習慣」了，河水便湧來。

當我覺得「出世」了，桑樹就更綠。

一種秩序？是啊。

一種秩序。

是否有一顆心，在承受這一切？

在浮世和它的回聲中。在受辱和它的影子上。在尺
　　度和它的戰爭裡。

我們因喪失而變得富有起來。

正是那履歷的小河邊。

少年因率先長出陰毛，宣告了一場勝利。

他拱起的喉結裡，

湧動著我的遺囑。

當他結結巴巴地，不能清楚地念出來。

一隻麻雀──猛地擊穿了他。

他小學六年級的陰莖一陣抖動。

有誰願意為這種不老練的快樂負起責任？

這就是我經常懷念的小河水：

一次地理性的悲劇。當1967年秋。我生於桐城的

某場細雨之中。

姚鼐為我的閱讀移來了泰山。

──那大片稻田的麻痺。天井的沖淡。油菜花的
　　均衡。

又豈是這一堆糟糕的修辭可以替代？

我知道我有一張令人發抖的桌子。

擺在我的

每一頓飯中。

擺在我日復一日的器官裡。

用飢餓可以說服那些失去的風物回來？

我已經多天不說一句話了。我所歷經的雨水，

滴滴答答地稀釋著，

小瓶子裡的蜂蜜。

如果有新的燈盞覆蓋了舊的燈盞。

如果欲望的小河水迎來了枯水期。

是否也有另一個尺度，

降臨到我的頭上——

讓水底的積薪。和墓碑上的姚鼐

對應起來。

讓我單純的聲音和久久不能破除的音障對應起來。

在寂靜的山腳下，

聽任松鼠抱走它語言的偏殿。

整個下午，我不能原諒我的侄子。

對往事的忍耐像一筆不動產。

她向日葵一般的臉龐，

是早就獲得了肯定的。

請讓我，把我的所見與我的審判對應起來。

像一個人奇跡般的老有所依。

在眾鳥高旋之下。當小河水翻吐著清凜的泡沫。

許多事物也慢慢地醒了過來。

從北斗星中掏出天理的尺度。

它蜷曲著身子像一隻

不知死活的麻雀把我的腦殼擊穿了。

桑樹下。我微苦的桌子鋪向那四面八方。

2008.3

寫碑之心

寬恕何為？

——特拉克爾（georg trakl，1887-1914）

（一）

星期日。我們到針灸醫院探視癱瘓在
輪椅上的父親——
他高燒一個多月了，
但拒絕服藥。
他說壓在舌根下的白色藥丸
像果殼裡的蟲子咕咕叫著……
單個的果殼
集體的蟲子，不分晝夜的叫聲亂成一團。
四月。
他躲在盥洗間吐著血和
黑色的無名果殼的碎片。
當蟲子們，把細喙伸進可以透視一兩處雲朵的
水窪中，
發出模糊又焦慮的字元，
在家鄉，
那遙遠的假想的平面。

是的，我們都聽到了。兒女們站成一排，

而譫語仍在持續：

他把窗外成天落下鳥糞的香樟樹叫做

　　「札子」[1]。

把矮板凳叫做「困」[2]。

把護士們叫做「保皇派」。

把身披黑袍在床頭做臨終告慰的

　　布道士叫做「不堪」。

把血漿叫做「骨灰」。

把氧氣罐叫做「巴薩」[3]。

這場滾燙的命名運動，

讓整座醫學院目瞪口呆。

他把朝他撲過來的四壁叫做「扁火球」，

——「是啊，爸爸。

四壁太舊了」。

如果我樂於

　　吞下這只扁火球，

我捨身學習你的新語言，

---

[1] 安徽中部地區農民對鍬乾草的鐵叉的習稱。

[2] 音ㄆㄧㄢ。此處僅作象聲詞。

[3] 音ㄅㄚㄙㄚˋ。此處僅作象聲詞。

你是否願意喝掉這碗粥？

五月。

病房走廊擠滿棕色的宿命論者。

我教他玩單純的遊戲度日，

在木製的小棋盤上。

他抓起大把彩色小石子

一會兒擺成宮殿的形狀，一會兒擺成

　　假山的形狀。

他獨居在宮殿裡

讓我把《殘簡》翻譯成他的語言

一遍又一遍念給他聽。

我把「孔城¹」譯成「嗙嗙」。

把「生活」譯成了「活埋」。

他騎在牆頭，

像已經笑了千百年那樣，懵懂地笑著。

六月。

傍晚。

---

¹ 安徽桐城的南部古鎮，作者家鄉。其歷史可追溯到先秦時期。春秋中期，為楚屬附庸桐國的軍事要塞。三國時，吳將呂蒙在此屯兵築城，歷隋至唐漸成水鎮雛形，北宋時為江北名鎮。明清乃至民國處鼎盛時期。

我把他扛在肩膀上，

到每一條街道暴走。

在看不盡的蓊鬱的行道樹下，

來歷不明的

霾狀混沌蓋著我們。

我聽見

無人光顧的雜貨店裡抽屜的低泣。

有時，

他會冷不丁地嚎叫一聲。

而街頭依然走著那麼多彩色的人。

　　那麼多沒有七竅的人。

那麼多

想以百變求得永生的人。

霓虹和雨點令我目盲

（二）

死去的孩子化蟾蜍

剝了蟾皮做成燈籠

回到他善忘的父母手中。

老街九甲[1]的王裁縫，每個季節晾曬

一面坡的蟾皮。

從此，

他的庭園寸草不生。

棟樹嘩嘩地發出鬼魂般的笑聲。

河中泡沫也

在睡眠中攀上他的欄杆，他的顴骨。

──每年春夏之交，

我看見泡沫裡翻捲的肉體和它

牢不可破的多重性：

在繞過廢橋墩又

掉頭北去的孔城河上。

它吐出的泡沫一直上溯到

我目不能及的廬江縣[2]才會破裂。

在那裡。

汀上霜白。

蝙蝠如灰。

大片丘陵被冥思的河水剖開。

壩上高聳的白骨，淤泥下吐青煙的嘴唇，

---

[1] 孔城老街商鋪基本以甲為單位。
[2] 安徽中部縣名，與孔城接壤。

搭著滿載乾草的卡車駛往外省。

每日夕光，

塗抹在

不斷長出大堤的嬰兒腦袋和

菜地裡爛掉的拖拉機和糞桶之上。

是誰在這長眠中不經意醒來？

聽見舊鬧鐘嘀噠。

簷下貔貅低低吼著。

喪家犬拖著骯髒的腸子奔走於灘塗。而

到了十一月末，

枯水之季的黃昏。

烏鴉銜來的鵝卵石壘積在乾燥沙灘上。

一會兒擺成宮殿的形狀，一會兒擺成

　　　假山的形狀。

我總是說，這裡。

和那裡，

並沒有什麼不同。

我所受的地理與輪迴的雙重教育也從未中斷。

是誰在長眠中擁有兩張臉：在被磨破的「人臉之下，

是上帝的臉¹」——

他在七月，

默默數著死在本土的獨裁者。

數著父親額頭上無故長明的沙礫。

他沿四壁而睡

凝視床頭砥礪的孤燈

想著原野上花開花落，穀物飽滿，小廟建成

無一不有賴於諸神之助。

而自方苞²到劉開³。自騎驢到坐輪椅

自針灸醫院到

家鄉河畔，也從無一樁新的事物生成。

心與道合，不過是泡沫一場。

從無對立而我們迷戀對立。

從無泡沫而我們堅信

在它穹形結構的反面——

---

¹ 美國垮掉派詩人葛列格里・柯索（Gregory Corso，1930-
2001）詩句。

² 方苞（1668-1749），清代散文家，為作者家鄉前賢。著有
《望溪先生文集》。

³ 劉開（1784-1824），清代散文家，為作者家鄉前賢。著有
《劉孟塗詩文集》、《廣列女傳》、《論語補注》等。其
故居與作者舊居僅隔五十米河面相望。

有數不清的倒置的苦楝樹林，花楸樹林。有

另一些人。

另一些環形的

寂靜的臉。

另一架樓梯通往沙礫下幾可亂真的天堂。

另一座王屋寺[1]

像鏽一樣嵌在

被三、兩聲鳥鳴救活的遺址裡——

多少年我們凝望。我們描繪。我們捕獲。

我們離經叛道卻從未得到任何補償。

我們像先知一般深深愛著泡沫，

直至2009年8月7日[2]，

我們才突然明瞭

這種愛原只為唯一的夥伴而生。

像廢橋墩之於輕鬆繞過了它的河水。

我們才能如此安心地將他置於

那杳無一物的泡沫的深處。

---

[1] 毀於清末的桐城古寺名。
[2] 作者父親離世忌日。

（三）

並非只有特定時刻，比如今天

在車流與

低壓雲層即將交匯的雨夜，

我才像幽靈一樣從

眾多形象，眾多聲音圍攏中穿插而過。

是恍惚的花壇把這些

杜撰的聲音劈開──

當我從小酒館踉蹌而出之時。

乞丐說：「給我一枚硬幣吧。

給我它的兩面」。

修自行車的老頭說：「我的輪子，我的法度」。

尋人啟事說：

「失蹤，煉成了這張臉」。

員警說：「獄中即日常」。

演員說：「日常即反諷」。

玻璃說：「他給了我影像，我給了他反光。

那悄悄穿過我的，

依舊保持著人形」。

香樟樹說：

「只為那曾經的語調」。

輪椅說：「衰老的脊柱，它的中心

轉眼成空……」

小書店裡。

米沃什在硬梆梆的封面說：「年近九十，

有遲至的醇熟。」

你年僅七十，如何訓練出這份不可少的醇熟？

在這些街角。在這些櫥窗。

在你曾匿身又反復對話的事物中間。

你將用什麼樣的語言，什麼樣的方式，

再次稱呼它們？

九月。

草木再盛。

你已經缺席的這個世界依然如此完美。

而你已無形無體，

寂寞地混同於鳥獸之名。

在新的群體中，你是一個，

還是一群？

你的蹤跡像薄霧從受驚的鏡框中撤去，

還是像蜘蛛那樣頑固地以

　　不可信的線條來重新闡述一切？

輪迴,

哪裡有什麼神祕可言?

我知道明晰的形象應盡展其未知。像

你弄髒的一件白襯衣

依然搭在椅背上

在隱喻之外仍散發出不息的體溫。

我如此容易地與它融為一體。彷彿

你用過的每一種形象──

那個在

1947年,把絕密檔案藏在桶底,假裝在田間

　　撿狗屎的俊俏少年;

那個做過剃頭匠,雜貨店主、推銷員

的「楞頭青」;

那個總在深夜穿過扇形街道

把兒子倒提著回家

讓他第一次因目睹星群倒立而立誓寫詩的

中年暴君;

那個總喜歡敲開冰層

　　下河捕鰻魚的人;

那個因質疑「學大寨」[1]被捆在老柳樹上

等著別人抽耳光、吐唾沫的生產隊長;

那個永遠跪在

煤渣上的

集資建廟的黯淡的「老糊塗蟲」──

倘在這些形象中,

仍然有你。

在形象的總和中,仍然有你。

仍有你的苦水。

有你早已預知的末日。

你的恐怖。你的毫無意義的抗拒……

(四)

又一年三月。

春暖我周身受損的器官。

在高高堤壩上

在我曾親手毀掉的某種安寧之上

那短短的幾分鐘

1　中國農村於上世紀六十年代始以山西省昔陽縣大寨村為樣
　榜的政治及經濟運動。

當我們四目相對，

當我清洗著你銀白的陰毛，緊縮的陰囊。

你的身體因遠遁而變輕。

你緊攮著我雙手說：

「我要走了」。

「我會到哪裡去」。

一年多濁水般的囈語

在臨終一刻突然變得如此

清朗又疏離。

我看見無數雙手從空中伸過來

攪著這一刻的安寧。

我知道有別的靈魂附體了，

在替代你說話。

而我也必須有另外的嗓子，置換這長子身分

大聲宣告你的離去——

那一夜。

手持桃枝繞著棺木奔跑的人

都看見我長出了兩張臉。

「在一張磨破了的臉之下，

還有一副

　　　誰也沒見過的臉」。

鄉親們排隊而來，

每人從你緊閉的嘴中取走一枚硬幣；

月亮們排隊而來，

映照此處的別離。也映照它鄉的合歡之夜。

乞丐，員警，演員，尋人啟示，輪椅，香樟，米沃

　　什排隊而來，

為了藍天下那虛幻的共存。

生存紀律排隊而來，

為了你已有的單一。和永不再有的渙散。

兒女們排隊而來，

請你向大家發放絕句般均等的沉默吧。

還有更多哭泣與辨認，

都在這不為人知中。

我久久凝視炮竹中變紅的棺木。

你至死不肯原諒許多人

正如他們不曾

寬宥你。

寬宥你的壞習慣。

再過十年，我會不會繼承你

酗酒的惡習。

而這些惡習和你留在

鎮郊的三分薄地，

會不會送來一把大火解放我？

會不會賦予我最終的安寧？不再像案上「棒喝」

獲得的僅是一怔。

不再像覺悟的羊頭刺破紙面，

又迅速被岐義的泡沫抹平。

會不會永存此刻

當伏虎般的寧靜統治大地——

皓月當窗如

一具永恆的遺體擊打著我的臉。

它投注於草木的清輝，

照著我常自原路返回的散步。

多少冥想

都不曾救我於黑池壩[1]嚴厲的拘役之中。

或許我終將明瞭

寬恕即是它者的監獄，而

救贖不過是對自我的反諷。

我向你問好。

向你體內深深的戒律問好。

---

[1] 合肥蜀山區境內小湖名，作者現居其岸。

在這迷宮般的交叉小徑上。而輪迴

哪裡有什麼神祕可言？

仿似它喜極的清涼可以假託。

讓我像你曾罹患的毒瘤一樣綁在

　　　這具幻視中來而復去的肢體之上。

像廢橋墩一樣綁在孔城河無邊的泡沫之上。

2010.3

跋　本土文化基因在當代漢詩寫作中

　　去年10月（指2007年，作者按）在安徽黟縣和英國詩人帕斯卡·葩蒂（Pascale Petit）、尼日利亞詩人奧迪亞·奧菲曼（Odia Ofeimun）討論東西方文化差異時，我談到東方詩歌尤其是漢詩、日本俳句的「氣息」問題。開始，他們覺得很玄。我說，噢，這從一個東方人的角度，可一點兒也不費解。《說文序》中講，「文者，物象之本」。就是說在物象包括語言符碼的背後，有一個被視為「本」的東西。從詩歌寫作上分析，不妨把這個東西叫做「氣息」：讓字詞在排列與構造中得到──呼吸──的那種東西。「氣息」有時是純技術性的，創造性的語言組成方式，修辭本身的陌生感，是一種氣息。維特根斯坦晚年不是把寫作看成語言的純遊戲行為嗎？遊戲之玩法的新穎性及其給讀者的錯愕感，說的就是這個。當代漢詩在這方面的嘗試可謂多了，解構或消解詞語本有之義，派生出新的感受。但這裡面有個危險，即這類寫作技法很快會被重複與超越，新遊戲成為舊遊戲，短時間內就會讓人生厭。氣息也可以一種情感，這是一種相對「古典」的認識。當你讀一首詩時有所觸動，它把你內心的某種東西喚醒了，這種「喚醒能力」也是一種氣息。剛才念的我的短詩《前世》，算是這個範疇。當然，氣息也可以是一種觀念。總之是讓你感覺到這首詩是「活著」的，是與你在互動的，這種「活著」本身所賦予你的一切

2
2
3

——這需要作者與讀者有效的共同作用——就是氣息。不是鼻子、眼睛、嘴巴的簡單拼湊與疊加，而且它們之間的勻稱與愉悅。有些時候，這種氣息甚至不在物象的背後，而是物象本身——視覺上的，聲音上的，節奏上的——給人帶來的純粹形式的快慰，也是一種氣息。中國人講究「器」與「用」的關係，不妨把「用」看成一種運動，一種活力，語言之器在「用」之中，衍生出氣息。語境（context）批評的宣導者穆瑞‧克雷傑（Murray Krieger）曾有過一個觀點：語境是詩歌的一個基本策略。而在我看來，語境這個詞完全可以被「氣息」這個東方人更易於感受的詞所覆蓋。這是用非常淺顯的方式涉及我所講的本土文化基因問題。我們講一種語言的當代性，事實上必須設立一個前提，那就是我們真正懂得了它的本土性。它其實也是另一個問題「我為什麼要這樣寫」的變種。

有人說，中國詩歌尤其是古漢詩，缺少某種現場性，看不到個體生命的「在場」。我說這不過是一種膚淺的認識。當陶淵明說「飛鳥相與還」時，這裡面，就有很深的個人寄託在內。中國封建時代的許多詩人，因為寫作環境的多變，甚至還面臨著「文字獄」一類的遭遇，所以寫詩往往體現出「借物在場」的特點。西方的讀者看《詩經》或《離騷》，可能被一大堆理也理不清的植物、地名繞得頭暈眼花，而失去繼續追索的興趣。我碰得不少西方的朋友，都有這方面的困惑。這種「隱性在場」的個人的氣息，是埋藏得很深的。物象對人心的傳導性，被發揮得淋漓盡致。當然，這個「在場」的概念有它的複雜性，在他們的筆下，重生存狀態而輕視生活的具體狀態，是

東方詩人的一貫選擇，把握不好會給人造成「不真實」的閱讀感受。這也是必須讓當代詩歌寫作者警醒的東西。我也寫過一首短詩叫《丹青見》，從起句到尾句，都是物象的堆積。但這種堆積本身，就是為了展現人的內心的秩序。而且這種秩序在行進過程中是加速的。撇開技藝上的尺度不談，許多有本土文化基因的東方詩人，似乎都不偏愛如「我坐在車廂裡吃柳丁」一類的顯性在場，它有悖於東方審美中隱忍的特點。所以我一直說，一個好的東方詩人，他的詩中永遠有兩個空間，在他的公共性空間之下潛存著一個非常強烈的個人空間。公共空間被他們用以教化、述史、抒懷，而人個空間才是真正的閱讀焦點所在。作者的個人空間隱忍在公共空間之下。讀許多東方詩人的作品，確實要費些思量，但也會獲得更多的深層滋味，讓閱讀者得到更深一層的滿足。照我看，羅伯特勃萊正是受益於東方的「深度意象」手法而成功的西方範例。奧迪亞・奧菲曼（Odia Ofeimun）問我：這豈不是在苛求讀者而縮小了讀者的範圍？我說，是。但，難道有一種方法可以把詩的閱讀擴展到只要認識文字就能懂得的地步？我推測一些所謂「口語詩歌」在作這方面的努力，通過生活的具狀而不是通過意象來展示生存狀態。這種方式，相對中國自古的「文人詩歌」，它贏得了更多的理解。但也難免存在泥沙俱下的現象，那中間的多數作品因為——預設了明確的讀者物件，事實上也是寫作對閱讀的屈服、讓步——其寫作在藝術上往往是無效的。

　　從我個人的角度看，中國詩歌的本土特質中，確實有許多方面需要搗毀。就整體特徵而言，古漢詩是「重視形體的，

音律的；重視隱喻和寓言的；以意象詮注生存狀態的；重視生存狀態而輕視生活狀態的；重胸懷而輕反省的；個體生命隱性在場的；對自然與人世持適應性立場的；依存閒適性而輕視批判性立場的；重視修辭的」。這個概括，許多人不一定接受。只能說是我個人能夠體會到的「本土基因」。這裡面的許多東西早已失去了傳繼的現實基礎，所以我說要搗毀。比如，輕視對個體生存的反省，是一種最要命的弱處。你看古詩中傳遞出來的詩人形象，一個個天下皆醉我獨醒的「清醒者」的模樣，一個個出世者的模樣，他們拔劍高歌的樣子遮蔽了他們提個菜籃子吃油條時苦悶的樣子。有時候我厭惡這類形象。難道他們真的沒有了具體的矛盾和茫然？沒有市井間的焦灼與變態？對這些東西的追問與自省在哪裡？如果逆推過去，我們可能從他們的詩中「回不到」他們那個世紀的真實性。生活的真實性與內心拷問的真實性。我有時在想，那些詩人對生活狀態的高度適應性，是否跟東漢後普遍的佛教傳播有關？甚至連《道德經》那樣停留在終極問題上的追問，也不再有了。還有一個，就是過度的匠氣與書齋味道，那種一吟雙淚流的糟糕的詩人形象。失去了煙火味與血性的文字雕琢，我個人是很不喜歡的。當然，如前所述的深度意象，高度的形式感及與自然物象的共存性，發達到叫當代西方詩人驚異的修辭技藝，節制的表達方式等等，這些本土基因也應得到更進一步的傳習。豈止是當代漢語詩人的傳習與感悟？加里‧司奈德，甚至博爾赫斯從這裡得到的教誨還少嗎？漢詩現代性是個大而無當的話題，我沒做系統的理論思考，但可以肯定的是，必須從理清了本土文化基

因、而後在具體的個人寫作中搗毀部分本土基因上起步。

　　在漢文化的本土基因裡，還有一個很獨特、值得一提的就是它的時空概念。這不同於你們那邊的埃舍爾、米羅、畢卡索那種強行扭曲的時空感。東方詩歌、戲劇、繪畫甚至古曲，在許多地方表現出一種共時性。在那裡，「此刻」這個詞，既是即時的，也是歷史的。「這個人」既是現世的，也是前世的。以張若虛的《春江花月夜》為範本。這樣的時空的交叉與共振體現了東方詩歌一種特有的美質。受這方面的啟發，我也做過一些寫作上的嘗試。在《白頭與過往》這首長詩中，我企圖將多個維度的時間與空間凝聚於一體。用極為具體的細節陳述來加強時空的幻化。在我看來，這只能是一個東方詩人的做法。在東方的倫理學與美學觀念中，「個體」之中彷彿永遠座落著一個「集體」之中：一個人身上的血緣、身世與循環不息的感懷。而且，他會在許多你意想不到的地方、角度來表達這種理念。我在《從達摩到慧能的邏輯學研究》一詩中寫到：「為了破壁他生得醜／／為了破壁他種下了／／兩畦青菜」。這樣的寫法，得益於禪宗的一些思路。他會在另一個不相干的空間，用不相干的方式來完成他的目的，這就是東方式的曲折和美學。而且在這裡，在許多真正的東方詩人那裡，所有空間的安置、「物象」的選擇，無一不是意味深長的。「一根竹子」，被畫到紙上，被寫到詩中，不再是一種物象，可能還包含著謗佛譏僧的許多想法。這種方法來自一種古老文化的思維定勢，可能許多人會覺得很無聊、很腐朽，但同樣也會有許多人喜歡這種寓言式表達。在我看來，一個西方詩人可能不會如此苦心

經營這樣尋常的一個物象。通過特異的時間安排、物象構造，詩人的個人資訊從中奔湧了出來，劉勰不是說屈原有「詭異之辭」、「譎怪之談」、「狷狹之志」、「荒淫之意」嗎？辭與談，那是表層的構成，志和意，才是真正要體現的東西，也正是靠著它們才完全撐開了詩意的空間。屈原、王維、王翬、馬遠這些人，從技藝上都是空間安排的大師。這，是否有助於當代漢詩寫作中那種因盡力於生活的具狀描述而導致的平面感、狹隘感呢？

　　當下中國的詩人群體整體上很浮躁。對漢語持有自覺性、嚴謹態度、自省態度的詩人太少了。而且，不同寫作取向的詩歌群落之間，缺少有效的對話，更多的時候，形成一種相互攻擊的關係，在詩壇造成一種浮泛的熱鬧。當然，從具體的詩人角度來談，沒有一種寫作，需要承擔起「非個人的使命」。但當代詩人集體，對漢語現代性的建設，實實在在是太重要了。古漢語向現代漢語的過渡不足百年，又是一種缺陷性過渡，激烈的白話文變革是由少數幾個大師主導著完成的，在大陸又很快被鐵板一塊的政治話語籠罩著，使她在語言疆域上的可能性，呈現一種緊縮的狀態。以語言拓展為使命的詩歌寫作，理所當然地就被賦予了一個重要使命。有一些學者認為，當代漢語的範式受翻譯體「語言變體」、和未經篩選的方言表達形式的侵襲比較厲害。恰恰在這時，曾被維特根斯坦否認的「私人語言」，確應受到更多的重視。洪堡（Wilhelm von Humboldt）的個體主觀主義（individualistic subjectivism）語言學有一個觀點，我覺得很重要。他們認為「語言的基礎是個體的創造性言

語行為。語言的根源是個體的心靈」，而「解釋語言現象，也就是把語言現象當成是有意義的個體創造行為來看待」。當代漢語詩人無疑是首當其衝的私人語言實踐者。奧迪亞‧奧菲曼（Odia Ofeimun）告訴我，在他的國家裡，同樣存在這一問題。我在想，他們那邊，可能是另一種類型，不同於現代漢語因為從原母體的蛻變時間太短，在這太短的時空之中，受意識形態操控的集體話語權力統治又太長。他們那邊，是受另一種外來語言的奴役問題。如果讓我發言，我要說，從「本土基因」的取捨上出發的，立足於私人語言經驗之上的當代漢詩實踐，對這個民族的語言發展是多麼地有意義啊。相對其他文體的貢獻，它的重要性無疑將更進一步地顯示出來。

語言文學類　PG1368　中國當代詩典　第二輯12

養鶴問題
——陳先發詩選

作　　　者/陳先發
主　　　編/楊小濱
責任編輯/李書豪
圖文排版/連婕妘
封面設計/蔡瑋筠

發　行　人/宋政坤
法律顧問/毛國樑　律師
出版發行/秀威資訊科技股份有限公司
　　　　　114台北市內湖區瑞光路76巷65號1樓
　　　　　電話：+886-2-2796-3638　傳真：+886-2-2796-1377
　　　　　http://www.showwe.com.tw
劃撥帳號/19563868　戶名：秀威資訊科技股份有限公司
　　　　　讀者服務信箱：service@showwe.com.tw
展售門市/國家書店（松江門市）
　　　　　104台北市中山區松江路209號1樓
　　　　　電話：+886-2-2518-0207　傳真：+886-2-2518-0778
網路訂購/秀威網路書店：http://www.bodbooks.com.tw
　　　　　國家網路書店：http://www.govbooks.com.tw

2015年10月　BOD一版
定價：290元
版權所有　翻印必究
本書如有缺頁、破損或裝訂錯誤，請寄回更換

國家圖書館出版品預行編目

養鶴問題:陳先發詩選 / 陳先發著. -- 一版. -- 臺
　北市 : 秀威資訊科技, 2015.10
　　　面 ;　　公分. -- (語言文學類 ; PG1368)(中國
當代詩典. 第二輯 ; 12)
　　BOD版
　　ISBN 978-986-326-343-2(平裝)

851.487　　　　　　　　　　　104010954

讀 者 回 函 卡

感謝您購買本書，為提升服務品質，請填妥以下資料，將讀者回函卡直接寄回或傳真本公司，收到您的寶貴意見後，我們會收藏記錄及檢討，謝謝！如您需要了解本公司最新出版書目、購書優惠或企劃活動，歡迎您上網查詢或下載相關資料：http:// www.showwe.com.tw

您購買的書名：_____

出生日期：_____年_____月_____日

學歷：□高中 (含) 以下　　□大專　　□研究所 (含) 以上

職業：□製造業　□金融業　□資訊業　□軍警　□傳播業　□自由業
　　　□服務業　□公務員　□教職　　□學生　□家管　　□其它_____

購書地點：□網路書店　□實體書店　□書展　□郵購　□贈閱　□其他

您從何得知本書的消息？

　□網路書店　□實體書店　□網路搜尋　□電子報　□書訊　□雜誌

　□傳播媒體　□親友推薦　□網站推薦　□部落格　□其他_____

您對本書的評價：(請填代號　1.非常滿意　2.滿意　3.尚可　4.再改進)

　封面設計____　版面編排____　內容____　文／譯筆____　價格____

讀完書後您覺得：

　□很有收穫　□有收穫　□收穫不多　□沒收穫

對我們的建議：_____

_____

_____

_____

11466
台北市內湖區瑞光路 76 巷 65 號 1 樓

秀威資訊科技股份有限公司　　　收

BOD 數位出版事業部

姓　　名：＿＿＿＿＿＿＿＿＿　年齡：＿＿＿＿　性別：□女　□男

郵遞區號：□□□□□

地　　址：＿＿＿＿＿＿＿＿＿＿＿＿＿＿＿＿＿＿＿＿＿

聯絡電話：(日) ＿＿＿＿＿＿＿＿＿　(夜) ＿＿＿＿＿＿＿＿＿

E-mail：＿＿＿＿＿＿＿＿＿＿＿＿＿＿＿＿＿＿＿＿＿